CRIME SCENE
FICTION

CRIMES À MODA ANTIGA
© Valêncio Xavier, 2004

Ilustrações
© Sérgio Niculitcheff,
© Valêncio Xavier (A Morte do Tenente Galinha)

Diretor Editorial
Christiano Menezes

Diretor Comercial
Chico de Assis

Diretor de Novos Negócios
Marcel Souto Maior

Diretor de Mkt e Operações
Mike Ribera

Diretora de Estratégia Editorial
Raquel Moritz

Gerente Comercial
Fernando Madeira

Coordenadora de Supply Chain
Janaina Ferreira

Gerente de Marca
Arthur Moraes

Gerente Editorial
Bruno Dorigatti

Editor
Paulo Raviere

Capa e Projeto Gráfico
Retina 78

Coordenador de Arte
Eldon Oliveira

Coordenador de Diagramação
Sergio Chaves

Finalização
Roberto Geronimo
Sandro Tagliamento

Preparação
Retina Conteúdo

Revisão
Clarissa Rachid
Lauren Nascimento

Impressão e Acabamento
Gráfica Santa Marta

DADOS INTERNACIONAIS DE CATALOGAÇÃO NA PUBLICAÇÃO (CIP)
Jéssica de Oliveira Molinari CRB-8/9852

Xavier, Valêncio
    Crimes à moda antiga : contos verdade / Valêncio Xavier;
ilustrações de Sérgio Niculitcheff, Valêncio Xavier. — Rio de
Janeiro : DarkSide Books, 2023.
    160 p.

    ISBN: 978-65-5598-346-3

    1. Contos brasileiros 2. Crime
    I. Título II. Niculitcheff, Sérgio

23-5459   CDD B869.3

Índice para catálogo sistemático:
1. Contos brasileiros

[2023]
Todos os direitos desta edição reservados à
DarkSide® *Entretenimento LTDA.*
Rua General Roca, 935/504 – Tijuca
20521-071 – Rio de Janeiro – RJ – Brasil
www.darksidebooks.com

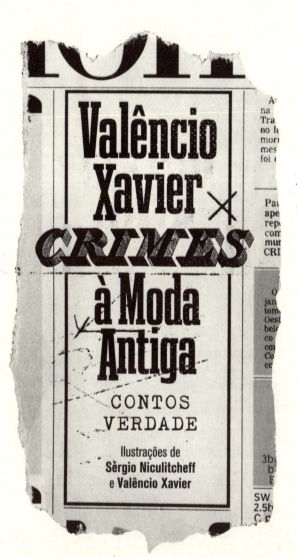

A MALA SINISTRA 56.

AÍ VEM O FEBRÔNIO 88.

O OUTRO CRIME DA MALA: José Pistone Mata Maria Féa 110.

A NOIVA NÃO MANCHADA DE SANGUE: Assassinato numa Tarde de Carnaval 24.

O Crime de Cravinhos ou da Rainha do Café 72.

OS ESTRAN-GULADORES DA FÉ EM DEUS 08. Os Crimes de Rocca e Carletto

A MORTE do TENENTE GALINHA: O FIM INGLÓRIO DO FAMOSO CAÇADOR DE BANDIDOS 38.

GÂNGSTERES num País Tropical 126.

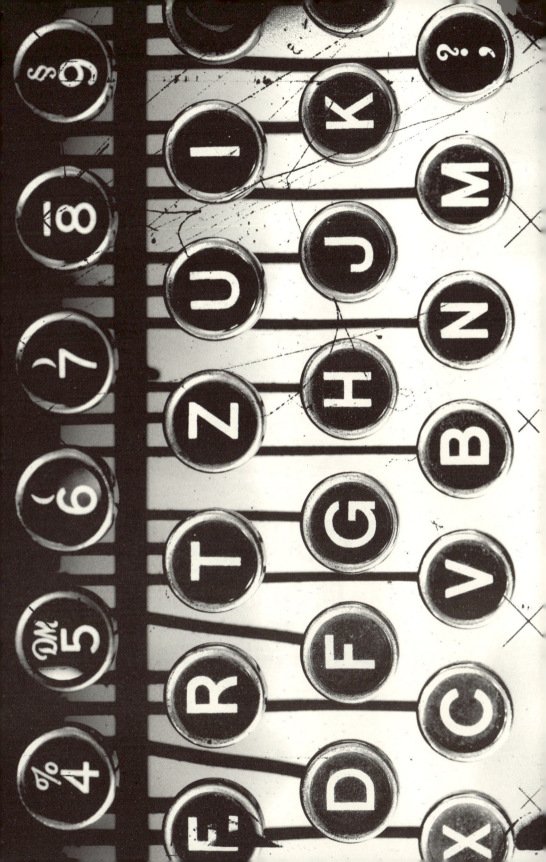

OS ESTRANGULADORES DA FÉ EM DEUS
OS CRIMES
DE ROCCA E CARLETTO

Na manhã de 15 de outubro de 1906, Jacob Fuoco chega à sua joalheria, na rua da Carioca nº 53, no centro comercial do Rio de Janeiro. São quase sete horas e o comerciante está tranquilo: os negócios vão bem. Trabalham para ele, como caixeiros de confiança, seus dois sobrinhos menores: Paulino, de quinze anos, e Carlo Fuoco, de dezessete. Toca a campainha e espera. Seus dois sobrinhos dormiam na própria loja, num quartinho no fundo. A joalheria abria às sete da manhã e fechava às sete da noite; além dessas doze horas de trabalho, Paulino e Carlo Fuoco, por dormirem ali, serviam como vigias noturnos.

Ninguém responde. Fuoco toca a campainha mais uma vez. Estranho! Consulta seu relógio de algibeira. A esta hora, seus sobrinhos já deviam estar acordados há muito, arrumados e varrendo a loja.

Triiiim...Triiim... Triimtriiimmm...

Preocupado, Jacob Fuoco acorda seu antigo sócio, morador da casa sobre a joalheria e desce por uma escada de corda, através de um alçapão. Ao atingir o solo, Jacob percebe que a grade de ferro que divide a loja ao meio está aberta. Entra no cubículo ao fundo e faz a horrível descoberta: o adolescente Paulino Fuoco, quase uma criança, está caído no chão entre as duas camas, selvagemente estrangulado. A vítima tem ainda no peito franzino marcas das botas do monstruoso assassino. Estarrecido, Jacob Fuoco corre à rua, retira um apito que trazia preso ao pescoço, preparado para tal fim, e começa a apitar, apitar chamando a polícia...

LATROCÍNIO

O crime revestia-se da mais repugnante intenção: um assassinato para roubar. Ladrões cruéis sacrificaram uma vida feliz e fizeram *mão baixa* na vitrina da joalheria, escolhendo as pedras mais preciosas e os objetos de maior valor, deixando de lado as de menor valia. Levaram as joias e ceifaram uma preciosa vida, a de um menino de quinze anos.

E CARLO FUOCO?

Quem ficava com as chaves da loja era Carlo Fuoco, irmão da vítima. A polícia descobriu que os ladrões haviam entrado pela porta da frente com a chave, sem arrombar a porta.

E Carlo Fuoco? Desaparecera sem deixar rastros. A polícia começou imediatamente a procurá-lo. Teria ele participado do crime? Teria ajudado a matar o próprio irmão? Toda a cidade tomara conhecimento do crime. Os jornais publicavam fotos de Carlo Fuoco, na esperança de que alguém o encontrasse.

Quando o enterro de Paulino Fuoco parou, por alguns instantes, em frente à casa trágica, centenas de pessoas que o acompanhavam demonstravam nos semblantes a apreensão pelo brutal crime, o respeito pela vítima e ódio contra seus matadores.

Jacob Fuoco já tivera o cuidado de mudar a fechadura da porta de entrada na joalheria.

O ROUBO DAS JOIAS

O joalheiro Jacob Fuoco estimou em cerca de 50:000$000 (cinquenta contos de réis) o montante do roubo, entre relógios de ouro e prata, medalhas, anéis de brilhantes, pulseiras, colares, e alfinetes para gravatas.

Lembramos que, naquela época, um quilo de carne de porco custava $800 (oitocentos réis) e a boa banha de Itajaí era vendida a 1$500 (mil e quinhentos réis) o quilo.

UM RAPAZ HONESTO

Durante três dias de angústia, toda a polícia carioca mobilizou-se para achar Carlo Fuoco, suposto fratricida e única pessoa capaz de explicar o terrível crime. No dia 18, um cadáver nu é pescado na Baía de Guanabara. O rosto deformado pelos efeitos do estrangulamento e pela longa permanência nas águas, semidevorado pelos peixes, o decomposto corpo de Carlo Fuoco é uma massa apavorante que não conserva um só traço da sua fisionomia moça e insinuante. Fora Carlo Fuoco a primeira vítima. Alguém o matou para roubar a chave da joalheria. Um duplo latrocínio. Estava explicado o crime. Faltava agora descobrir os criminosos que, pelos indícios, deviam ser ladrões profissionais, hábeis e ardilosos. Quando o cadáver do infeliz Carlo Fuoco foi encontrado, seu tio Jacob manifestou-se:

— Eu não disse que ele era um rapaz honesto?

A FÉ EM DEUS

Pressionada pela opinião pública, a polícia age rapidamente. Carlo Fuoco fora visto, na noite do crime, na zona do cais onde atracam as embarcações de pequeno porte de pescadores e taifeiros. É ali que vão se intensificar as investigações policiais, sem muito resultado. Alguns suspeitos são presos, porém não conduzem a pista nenhuma.

Até que a barca *Fé em Deus* é encontrada à deriva; um rápido exame revela que um pedaço de corda de sua vela fora cortado. A polícia comprova que o pedaço que falta é o mesmo encontrado com o corpo de Carlo Fuoco. O dono da *Fé em Deus*, Jerônimo Pegatto, é preso, mas se diz inocente. Várias testemunhas afirmam ter visto Pegatto na noite do crime em companhia de Eugênio Rocca, um ladrão contrabandista, bastante abusado e parlapatão, que costuma se passar por engenheiro para melhor enganar suas vítimas.

Eugênio Rocca é preso. A princípio se recusa a falar, depois manda chamar o delegado e confessa:

— O *trabalho* é meu e de Carletto. Pegatto nada tem a ver com a coisa.

Carletto é Justino Carlo, outro mau elemento, ladrão, amigo de Rocca. A polícia começa a procurá-lo em vão: há notícias de que fugira para São Paulo. Rocca termina de contar os detalhes de seu crime e declara:

— Eu sou um monstro! Se eu tivesse uma arma agora, me matava.

A CONFISSÃO DE ROCCA

Eis a confissão que Eugênio Rocca fez às autoridades, no dia 22 de outubro de 1906:

"Combinado com Carletto, dias antes do crime, procurei o sr. Jacob Fuoco e propus que ele, mediante pagamento, avaliasse um contrabando de joias."

"Sim, eu já o conhecia. Uma vez vendi-lhe um relógio de ouro com corrente por 95$000... Sim, o relógio era roubado... Como não o encontrasse no dia marcado, fui atrás de seu sobrinho, Carlo Fuoco, na pensão onde ele almoçava, na rua da Assembleia."

"... O pretexto para atraí-lo? O lucro que ele teria no negócio do contrabando. 'Meu tio não pode ir, eu vou: é a mesma coisa' — me disse ele. Combinamos que eu lhe daria 100 francos pela avaliação."

O PREÇO DE UMA VIDA

Eis a cotação do câmbio, em 14 de outubro de 1906:

LIBRA	15$800
FRANCO	$627
DÓLAR	3$253

Eis o preço de alguns gêneros alimentícios: uma saca de arroz custava 33$00, o feijão-preto 27$00 a saca, e um quilo de manteiga especial era vendido a 2$600.

A TRAMA SINISTRA

"Carlo Fuoco aceitou" — acrescenta Rocca — "porque, coitado, ganhava pouco. Só 130$000 por mês. Desse dinheiro, ainda pagava 60$000 na pensão e mais 10$00 de lavadeira. Faça as contas, doutor: sobrava muito pouco."

"Pegatto forneceu a barca, recebendo 500$000 de aluguel. A *Fé em Deus* fez-se ao largo com Carletto no remo. Pegatto no leme e eu sentado junto com Carlo Fuoco. Durante largas horas bordejando pelos recantos do fundo da baía. Carlo Fuoco à espera do imaginário navio que traria o contrabando ansiosamente esperado: joias. Mas a noite adiantava e ele começava a desanimar. Olhei então para Carletto e fiz o sinal combinado. Carletto largou os remos e eu agarrei Carlo Fuoco pela garganta e pedi as chaves da joalheria. Ele se recusou a entregar. Com a outra mão, tapei-lhe a respiração. Ele lutou comigo, reagiu. Carletto me auxilia: corta a corda da vela, aperta-lhe o pescoço com ela e o estrangulamos.

Tiramos suas roupas e amarramos uma pedra na cintura do cadáver e jogamos no mar. Picamos suas roupas em pedacinhos e atiramos tudo na água, botas e chapéu...

Pegatto? Cuidava do leme."

NA CASA DAS JOIAS

"Remamos de volta. Já passava das onze da noite quando desembarcamos e tomamos o bonde elétrico para o centro. De posse das chaves, entramos na joalheria. Lá pela uma e meia, sentimos alguém bater na porta: era Paulino que chegava. Continuamos escondidos no quartinho dos fundos, porque, se ficássemos na loja, havia um espelho e ele nos veria pelo reflexo. Ele tanto mexeu que conseguiu abrir a porta que estava só com o trinco. Entrou apressado, aborrecido porque teve que bater muito na porta. Nos relógios da loja soavam as duas horas. Encaminhou-se para o quarto pensando que lá estava o irmão. Carletto segurou-o pelos pés e eu passei-lhe a corda no pescoço e o estrangulamos."

"Não saímos logo pois havia gente na rua. Ficamos fazendo a partilha das joias... O quê? Não, ali mesmo no quartinho. Eu sentado numa cama, Carletto na outra, o cadáver de Paulino no chão entre as duas. Tivemos até uma discussão sobre quem ia ficar com uma ferradura de ouro. O senhor sabe, ferradura de ouro é um talismã de felicidade."

AS JÓIAS

Confessando o crime, Rocca indicou o paradeiro das joias; estariam escondidas com Leopoldina da Silva, a jovem amante de Carletto. Presa e após a autoridade policial lhe assegurar que seu amante não lhe poderia fazer mal, Leopoldina indicou o esconderijo. Uma caixa de biscoitos guardada na casa de uma irmã. Parte do roubo foi recuperado. Rocca, entretanto, negava-se a revelar onde escondera sua parte e passara mesmo a negar sua confissão, dizendo-se inocente. Apreendidas as joias pela polícia, foram entregues ao sr. Jacob Fuoco, que as recolocou na vitrine.

A PRISÃO DE CARLETTO

Quando todos supunham que Carletto fugira para longe, uma denúncia livrou a cidade desta pústula social. Baseados numa informação anônima, os policiais procuraram uma casa de cômodos, na rua Barão de São Félix, nº 159. É uma casa térrea de frontispício azulejado, com uma sala de frente e corredor ao fundo, dando para alguns quartos separados por tabiques de madeira, cuja altura não chega ao teto. Revistaram todos os quartos, menos o penúltimo, que estava com a porta fechada. Foi encostada uma escada no tabique e por ela subiu um policial que espiou um homem deitado no chão sobre umas roupas: "É ele, Carletto".

Os policiais derrubaram a porta e invadiram o quarto. Um deles agarra Carletto pela garganta:

— Não se mexa senão morre.

Era realmente Carletto, reconhecível por sua tatuagem no peito — uma mulher de cujo tronco saía uma corrente presa a um coração. Agarrado, sem poder fugir, conseguiu dizer com a garganta apertada:

— Não me enforquem, sou Carletto.

Levado para a delegacia, Carletto confessa o crime, mas atribui a Rocca a parte principal:

— Nosso plano era bem-feito. Meu nome nunca apareceria. Mas nem tudo dá certo na vida, são infelicidades."

Perguntado por que não se entregara, responde:

— O senhor não podia esperar que eu me apresentasse espontaneamente à prisão. Isso é coisa de homem honrado e eu sou um bandido, um ladrão, um assassino. Meu interesse seria sempre escapar da polícia. Porque eu mato um homem com a mesma tranquilidade com que o senhor lê, nesse jornal, a notícia de minha prisão.

O CANTEIRO DE COUVES

Como agora Rocca negava sua participação no crime, era importante descobrir onde escondera sua parte no roubo. O delegado prepara um ardil: manda um agente disfarçado dizer à amante de Rocca, em nome deste, para que não mudasse de casa pois no quintal estava o futuro de seus filhos. A pobre mulher engoliu a isca. Imaginando que Rocca se preparava para fugir da prisão e viria atrás das joias e a levaria consigo. Assustada, manda avisar ao delegado que estava pronta a auxiliá-lo nas buscas:

— A casa é sua, doutor. Vamos ao quintal. Não quero que meus filhos se sustentem à custa deste crime horroroso.

O delegado efetuou a diligência e, enterrada num canteiro de couves, foi achada uma caixa de lata com as joias.

UM E UM NÃO SÃO DOIS

Na Detenção, o delegado interroga os dois criminosos após a descoberta das joias que faltavam. Rocca nega cinicamente sua confissão. Carletto dissimula e também nega.

— Então, Rocca, mesmo à vista dessa prova, ainda continua a negar seu crime?

— Esta prova nada vale, doutor. As joias podem ter sido enterradas no meu quintal por mãos criminosas.

Aí, Carletto se enfurece:

— Está vendo, senhor delegado? O meu colega está quase a dizer que fui eu que enterrei as joias no quintal dele.

Um guarda não resiste:

— Bandidos só mesmo matando!

Enquanto isso o povo carioca canta:

"Mandei fazer um terno de jaquetão / Pra ver Rocca e Carletto na Detenção", com música de Chiquinha Gonzaga.

O JULGAMENTO

Em dezembro de 1907 inicia-se o julgamento de Rocca e Carletto, com Pegatto e Leopoldina acusados como cúmplices. Desde cedo, uma grande multidão aguarda a saída dos criminosos da Casa de Detenção. Em frente ao Tribunal, outra turba. A sala do júri completamente lotada. Rocca sai vestido de paletó e gravata, calçando tamancos. Pegatto de terno preto, Leopoldina também de preto. Carletto, de tamancos, veste calça de zuarte e camisa de detento. O povo acompanha correndo o carro de presos, da Detenção até o Tribunal. Uma escolta de soldados montados impede qualquer manifestação. Carletto desembarca do carro de presos, já sem camisa, aparentando estar perturbado. Quando chamam seu nome no Tribunal, responde:

— Morreu!

Estende suas mãos para o alto e começa a rodopiar:

— Mãe... Mãe... Mãe... Eles estão ali... os irmãos querem me levar aos infernos... o cão... o demônio... Mãe...

Carletto demonstra estar sofrendo das faculdades mentais, e, apesar de, para muitos, isso ser simulação para fugir ao castigo, é suspenso seu julgamento e ele é encaminhado para exames.

O defensor da Assistência Judiciária, nomeado para assistir Pegatto, não comparece e seu julgamento é suspenso também. Como não vieram as testemunhas da acusação, pensa-se em adiar o julgamento de Rocca. Ele não aceita:

— Não são testemunhas. São bandidos e vagabundos.

Rocca não aceita defensor. Fará sua própria defesa. É identificado como Eugênio Rocca, 40 anos, marítimo de profissão. O promotor público, dr. Honório Coimbra, identifica-o como ladrão do mar, contrabandista, e faz notar aos jurados os calos que Rocca tem nos cotovelos por se atirar no fundo dos barcos ao ser pressentido.

Com sua voz rouca, Rocca inicia sua defesa, que duraria a noite inteira. Diz-se inocente, afirma que sua confissão foi arrancada sob tortura e narra os suplícios a que foi submetido: amordaçado, amarrado, surrado barbaramente aos gritos de "confessa ou morre", tendo de ceder quando seus algozes ameaçaram pôr fogo em seus pés.

Analisa a vida interna da Casa de Detenção, denunciando inúmeras irregularidades que lá estariam se passando:

— Não estranho se uma revolução acontecer lá dentro.

Compara-se a Tiradentes, "que morreu pela República — e a mim querem imolar para satisfação da polícia". Afirma que não respeitaram o artigo 72 da Constituição, pois não lhe deram o direito de defesa, negando-lhe permissão para ver os autos do processo. Termina pedindo justiça:

— Justiça espero que me será feita, porque justiça estão pedindo no céu estes dois anjos tão barbaramente assassinados.

A SENTENÇA

Dois dias e duas noites durou o julgamento com as sentenças aplaudidas, entusiasticamente, pela multidão que acompanhava o desenrolar dos acontecimentos. Leopoldina foi absolvida e Eugênio Rocca condenado à pena máxima: 30 anos de prisão.

O FILME DO FIM

Suponha que estivéssemos na porta do Tribunal, na manhã do dia primeiro de dezembro de 1907. Tudo terminado, porém, todos devem ter em mente agora, o extraordinário filme *Os Estranguladores*, do hábil operador cinematográfico Alberto Leal, que vem sendo exibido com sucesso, desde agosto, nos cinemas da cidade.

Enfrentei filas e o assisti várias vezes, sempre com interesse, pois o sr. Alberto Leal, vez ou outra, retira-o de cartaz para suprimir cenas que lhe pareçam imperfeitas e acrescentar outras, conforme novas verdades que vão surgindo sobre os crimes de Rocca e Carletto.

Atualmente, o filme não está em exibição. Acredito que esperam a sentença final do júri para nele incluírem as cenas do julgamento. Considero muito interessante essa ideia do sr. Alberto Leal de ir acompanhando em filme este fato real que tanto comoveu a opinião pública, acrescentando a ele os acontecimentos e ideias que vão surgindo com o desenrolar do tempo e suprimindo as cenas que perderam o interesse. Sendo assim, o filme nunca se estará terminado e se tornará cada vez tão real quanto a própria vida.

A primeira vez que assisti, o filme tinha uns trinta minutos de duração; atualmente tem mais de quarenta. Se o sr. Alberto Leal persistir em sua empreitada, daqui a uns 96 ou mais anos teremos um filme com várias horas de duração, onde estarão registradas as imagens, depuradas pela sabedoria do tempo, destes crimes que tanto marcaram nossas vidas e que, por certo, marcarão também as vidas daqueles que irão nos suceder.

A NOIVA NÃO MANCHADA DE SANGUE
ASSASSINATO
NUMA TARDE DE CARNAVAL

Tardinha de 23 de fevereiro de 1909, terça-feira de Carnaval em São Paulo. No centro da cidade nota-se o burburinho carnavalesco que vai aumentar com o cair da noite: arlequins, pierrôs, colombinas, pastoras, dominós negros. Há o corso, com grupos fantasiados desfilando em carros puxados a cavalos enfeitados, conduzidos por cocheiros de libré. Os bares estão cheios de gente alegre que bebe, fala e canta; no ar o som de polcas carnavalescas. Pelas ruas centrais, as moças passeiam em grupos soltando risinhos para os rapazes que as perseguem jogando lança-perfume. Alguns fantasiados com máscaras de papelão: morcegos de grandes orelhas, cabeções narigudos, caveiras. Em frente de suas residências, famílias se instalam em cadeiras na calçada, enquanto outras pessoas preferem observar o movimento das janelas.

Na rua Quinze de Novembro, um guarda civil aprecia o Carnaval. Chega-se a ele um moço de 21 anos, Elisário Bonilha, e diz friamente, apontando para a entrada da Galeria Cristal:

— Ali, num quarto de hotel, acaba de acontecer um crime. O senhor precisa tomar providências.

— O senhor está brincando. É Carnaval.

— Não estou brincando. Digo a verdade. Venha comigo.

A GALERIA CRISTAL

Em pleno centro comercial de São Paulo, a Galeria Cristal liga a rua Quinze de Novembro com a rua Boa Vista. Lojas, alguns bares, o restaurante e a portaria do Hotel Bela Vista compõem a parte térrea e dali escadas levam aos pisos superiores, onde se localizam os quartos do hotel. No teto grande claraboia de vidro deixa passar a luz do dia que se reflete em muitos espelhos de cristal que justificam o nome da galeria. Uma balaustrada com ricos ornamentos de ferro guarnece a sacada atapetada que acompanha todo comprimento da passagem da Galeria Cristal no andar superior.

Acompanhando Elisário, o guarda civil entra no quarto nº 59, no primeiro andar, e se depara com um quadro horrível: à direita, encostada numa pequena mesa, com uma expressão tranquila, acha-se uma moça morena, de olhos negros, vivos, muito brilhantes. Está toda vestida de branco, com um longo traje de rendas que se lhe ajusta ao busto, desenhando-lhe umas linhas harmoniosas, perfeitas. De altura média, uma forte massa de cabelos negros brilhantes veste o rosto da moça de graça e simpatia; toda sua figura dá ao guarda a ilusão de que era uma noiva que ali estava a caminho, ou de volta, da igreja.

A imagem daquela mulher, tendo como fundo os móveis de negra madeira trabalhada e as paredes carmesins com pinturas douradas, deu ao guarda civil uma impressão de calma e silêncio que fez desaparecer, como por encanto, os ruídos do Carnaval que entravam pela porta aberta. Os ruídos voltaram quando o guarda desviou seus olhos e viu, caído por terra, o corpo de um jovem, os olhos semicerrados, numa expressão da angústia que passara antes de morrer. Tinha um largo ferimento no pescoço, que parecia separá-lo do resto do corpo, por onde jorros de sangue vinham empapar as roupas do morto e o chão. O guarda mal pode articular:

— Mas o que é isso?!

A moça levanta-se rapidamente, adianta-se ao guarda e diz, calmamente:

— Fui eu quem matou esse homem para vingar minha honra ultrajada.

Junto ao lavatório estão penduradas duas toalhas, também tintas de sangue, e no balde há uma porção de água de cor sanguínea.

— Matei-o com dois ou três tiros, não sei ao certo. Como o revólver não tivesse mais balas, servi-me então dessa faca, com que lhe cortei a garganta.

Sobre a mesa um revólver e uma faca suja de vermelho, dessas comuns, de lâmina aguçada. O guarda mal pôde entender que aquela moça de aparência tranquila pudesse ter cometido crime tão cruel.

— Seu nome?

— Albertina...

— Albertina Bonilha. É minha mulher, nos casamos no sábado — diz Elisário e aponta para o morto. — É Arthur Malheiros.

O carro que conduz Albertina e seu marido para a Polícia Central tem dificuldades em atravessar a multidão que brinca o Carnaval.

NA DELEGACIA

O escrivão anota com sua letra caprichosa as declarações dos acusados. Albertina Barbosa Bonilha, de 22 anos de idade, professora primária, casada com Elisário Bonilha, de 21 anos, também professor, moradores em Ribeirão Preto, onde lecionam; de passagem por esta capital desde o dia 18, hospedados atualmente no Hotel Bela Vista, na Galeria Cristal.

Neste mesmo momento, no necrotério, o médico-legista Marcondes Machado procede à autópsia. O morto identificado como Arthur Malheiros, de 22 anos, advogado recém-formado, apresenta três ferimentos de tiros, disparados à queima-roupa, sendo dois na região temporal esquerda, tendo um penetrado pela orelha e o outro por trás dela. O terceiro tiro penetrou pela clavícula e foi se alojar no pulmão. Um profundo golpe no interior do pescoço seccionou completamente as carótidas, laringe e todos os tecidos moles, até encontrar o osso.

Albertina Barbosa e Elisário Bonilha chegaram de Ribeirão Preto, onde lecionam, a São Paulo, no dia 18 e hospedaram-se num hotel perto da estação ferroviária do Brás. Enquanto preparam os papéis de casamento, dormem em camas separadas. Visitam a mãe de Albertina, que, separada do marido, mantém uma pensão; a mãe dá a entender que não aprova o casamento, sem contudo explicar as razões. No sábado, dia 20, prontos os papéis, Albertina e Elisário casam-se diante do juiz de paz do bairro do Brás. Abandonam o modesto hotel em que estavam e tomam o quarto nº 59 do Hotel Bela Vista. É um amplo quarto atapetado, com cortinas de veludo nas janelas. É ali que irão passar a lua de mel. Tomam cedo a refeição da noite e Albertina sobe ao quarto a fim de se preparar para a noite de núpcias, enquanto Elisário, compreensivamente, demora-se a fumar um charuto, no saguão. Passado algum tempo, dirige-se ao quarto. Ao abrir a porta, vê Albertina deitada sobre as cobertas de linho azul-claro; veste um traje de noite, todo de rendas brancas, sua basta cabeleira negra se espalha pela cama. Bela, fresca, pura. Havia dois anos que Elisário esperava por esse momento.

A NOITE DE NÚPCIAS

Não se sabe o momento exato. Talvez quando Elisário se debruçou para beijar a noiva, talvez quando a despiu com mãos trêmulas e tomou seu branco corpo escultural, negros pelos sedosos. Não se sabe ao certo o momento, mas nessa noite Albertina revelou ao esposo o segredo de sua existência que até ali lhe ocultara: não era mais virgem.

Cinco anos antes, em 1904, Albertina ainda normalista morava com a mãe, que, por ser separada do marido, alugava quartos em sua casa para sobreviver. Recomendado por seu tio, antigo pensionista, Arthur Malheiros, primeiranista de Direito, vem ocupar um quarto na pensão da mãe de Albertina. Arthur, moço de boa aparência, sociável e de gênio expansivo, mereceu especial atenção de Albertina, com quem conversa longamente.

Vidinha de pensão: um encontro fortuito num corredor deserto; a silhueta de um corpo nu entrevista pelo vidro fosco da janela do banheiro; a voz suave de uma moça de 16 anos cantando uma modinha que chega abafada pela porta fechada do quarto; pernas que se roçam sem querer por baixo da mesa comum durante as refeições; alguém que se levanta insone durante a noite e no silêncio dos corredores vê uma luz acesa pela bandeira de uma porta fechada. Quem resiste a olhar pelo buraco da fechadura? Descobrir talvez um corpo jovem de mulher que, seminua, se levanta da cama, se dirige até o jarro d'água e, para acalmar os pensamentos que trazem a insônia, vai molhar com a ponta dos dedos os pequenos seios empinados de virgem, que escapam pelo decote da camisola de branco algodão. Alguém hesitaria em experimentar com a mão trêmula de emoção a maçaneta dessa porta? Estaria aberta? Atrás da porta estaria um amor feito somente de olhares e gestos, a voz soaria como um sino a alertar os outros hospedes adormecidos.

A RODA DOS ENJEITADOS

Ninguém da pensão ficou sabendo dos encontros noturnos entre Albertina e Arthur. Albertina recebe um convite para lecionar particularmente os filhos de um rico fazendeiro em Bebedouro; sua mãe, dona Rosa, força-a a seguir para aquela cidade do interior. Pouco depois, Arthur muda-se para a casa de parentes, mais perto da faculdade de Direito. Alguns meses depois, Albertina volta e confessa à sua mãe que está grávida de Arthur. Surpresa, dona Rosa vai procurar o moço. Arthur nega assumir a paternidade, chega a ser ríspido com dona Rosa, afirmando que não tinha nenhuma satisfação a lhe dar.

Ninguém na pensão ficou sabendo da gravidez de Albertina. Quando é chegada a época, Albertina é levada para a maternidade e dá à luz uma menina. Dona Rosa, mais uma vez procura Arthur Malheiros, tentando fazer com que ele reconheça a menina como sua filha e aceite Albertina como sua esposa. Mais uma vez ele nega a paternidade e recusa-se sequer a ver a menina.

Naquele tempo, num dos muros da Santa Casa da Misericórdia, existia uma pequena abertura (e ainda existe, não sei se com a mesma função) dando para um tambor giratório pelo lado de dentro. Se alguém colocasse uma coisa e fizesse girar o tambor, quem estivesse do lado de dentro receberia a encomenda sem ver o depositante, pois o tambor tinha seus lados fechados, apenas com uma fenda que correspondia em tamanho à abertura do muro. Isso permitia a uma mãe que pretendesse se livrar de um recém-nascido entregá-lo com segurança a mãos piedosas sem, contudo, ser reconhecida. É ali, numa noite escura, que Albertina coloca sua filha de oito dias. Após fazer girar a roda, espera ouvir a criança parar de chorar; sinal de que a freira de vigia havia tomado a criança em seus braços. Então, ela se afasta com passos decididos. A menina morrerá dias depois.

A RODA DO TEMPO

Dona Rosa soubera bem ocultar a gravidez de sua filha; ninguém, nem mesmo as empregadas da pensão, soube do nascimento da criança. Restabelecida, Albertina consegue nomeação para lecionar em escolas públicas do interior. Depois de percorrer algumas cidades, vai se fixar em Ribeirão Preto, onde encontra Elisário Bonilha, diretor da escola.

Elisário fora seu colega na Escola Normal e já a havia pedido em casamento, no que não foi atendido, sem que, contudo, Albertina lhe explicasse os motivos da recusa. Agora, maior de idade, Albertina resolve casar-se com seu colega, e vêm ambos para São Paulo preparar os papéis. Casam-se e vão passar a lua de mel no quarto nº 59 do Hotel Bela Vista, na Galeria Cristal.

Na noite de núpcias, Albertina revela ao seu marido que não é mais virgem: "Fui desonrada por Arthur Malheiros... Do contato que tive com ele nasceu uma menina... morreu logo ao nascer".

É a própria Albertina quem conta: "Elisário, que me supunha virgem, rugiu como uma fera brava e de sua boca fremiam imprecações de cólera e insulto. E, negando-me seu perdão, desprendeu-se dos meus braços, enquanto eu me ajoelhava aos seus pés, suplicando-lhe perdão pela grande leviandade que cometera indo ao leito conjugal desvirginada. Ultrajada, humilhada, vejo meu esposo que parte e eu, imersa na imensidão da minha dor e minha cólera, tive de escolher entre a prostituição e o crime... Daí a paixão, ou, se quiserem, a loucura que me levou a matar Arthur Malheiros, meu sedutor, completamente privada de sentidos".

INTERROGATÓRIO

Dr. Augusto Leite é o segundo delegado auxiliar, naquele momento de plantão na Central de Polícia de São Paulo. Se já não houvesse interrogado outras pessoas e tomado conhecimento dos antecedentes e pormenores do crime, julgaria ter diante de si uma noiva: branca bela noiva, imaculadamente branca de rendas brancas. A assentada beleza daquela mulher, seus negros olhos vivos o perturbam, quase o fazem esquecer o monstruoso crime por ela praticado. O delegado inicia a tomada das declarações de Albertina:

"Eu sei atirar bem com revólver, mas apesar disso não tive confiança nessa arma. A faca veio-me às mãos trazida por Elisário. Lembro-me de tê-la experimentado numa folha de papel para ver se cortava bem. Cortava."

As mãos firmes cruzadas, colo alvo onde o vestido esconde negro ninho, como seus cabelos; sim, fora o marido quem comprara a faca, já mandara investigar isso, o crime fora premeditado.

"Ao meio-dia almoçamos e meu marido saiu para procurar Malheiros."

O marido dela não conhecia Arthur Malheiros. Procurou na faculdade de Direito o quadro de formatura e pelo retrato guardou sua fisionomia, saindo então a buscá-lo pela cidade. As primeiras investigações e o interrogatório de Elisário demonstram que Arthur foi atraído ao hotel sob o falso pretexto de uma consulta sobre negócios.

"Era tarde já e Elisário não aparecia. Fui para o terraço da Galeria e debrucei-me na balaustrada para ver se surgia, dentro daquela porção de gente se divertindo com o Carnaval."

Arthur Malheiros também se divertia. Elisário foi encontrá-lo com amigos, brincando o Carnaval, atirando lança-perfume nas moças que passavam. Nas roupas do morto foram encontrados três tubos de lança-perfume e um berloque com a inscrição: "Separados mas sempre unidos".

"Cansei de esperá-lo sem resultado e, pouco antes das quatro horas, voltei ao aposento e deitei-me. Algum tempo depois, pareceu-me ouvir barulho na escada. Seria ele? Ergui a cabeça em atitude de quem escuta. Era ele, efetivamente, meu sedutor, pois ouvi Elisário dizer: 'Este é o quarto'. Ao que redarguiu Arthur, naquela voz bem minha conhecida: 'É este'."

Separados mas sempre unidos: Saberia esta mulher que, no mesmo dia em que ela se casara com Elisário, Arthur Malheiros ficava noivo de uma senhorita de nossa sociedade?

A notícia do noivado saíra nos jornais. Teria sido esse o verdadeiro motivo do crime; a revolta de Albertina ao saber que o homem que ainda amava iria se casar com outra?

"Já tinha me levantado do leito e, tomando do revólver que se achava sobre a mesa, por baixo da janela de persianas, fui ocultar-me atrás da folha da porta, com o coração batendo, não sei se de susto ou alegria."

Alegria? Alegria de saber que iria matar um homem, ou de saber que iria rever, depois de muito tempo, o homem amado?

"Logo depois entrou Arthur e o vi pelas costas. Fui ao pé da cama, tudo isso muito rapidamente. Nem sei se Elisário seguia-o, ou se ficou lá fora. Arthur parou no centro do quarto, foi quando eu apareci. Arthur ao me ver empalideceu. Deve ter compreendido tudo. Disse apenas: 'Que é isso, Albertina?'. A resposta que lhe dei foi um tiro."

O que sentiu esta mulher ao ver Arthur depois de tanto tempo: apenas ódio?

"Ele pediu-me perdão e eu, firmemente, descarreguei o revólver pela segunda vez. Arthur cambaleou para o lado da cama, atingido pela bala no lado direito da fronte. E caiu, quando eu ainda descarregava o revólver pela terceira vez, alvejando-lhe a cabeça. Nesse momento abri o revólver que se me emperrava nas mãos e verifiquei que ainda havia balas para detonar. Joguei-o sobre a mesa, exclamando: 'Diabo de revólver que não presta!'. E, maquinalmente, tomei a faca e me atirei sobre o corpo de Arthur, julgando-o vivo ainda; enterrei a lâmina da faca no pescoço e, num movimento para a esquerda, quase o degolei."

A roupa que ela veste agora é a mesma que usava no momento do crime: branca, imaculadamente branca, como uma noiva ainda não manchada de sangue.

"Foi só depois de vê-lo a esguichar sangue, com as artérias partidas, é que me veio uma exclamação: 'Meu Deus! O que acabei de fazer? Mas está tudo pronto'."

Meu Deus! Ela se excita como se estivesse no momento do crime: as mãos tremem, seu peito arfa, a boca entreaberta em gozo... Nua... Estaria ela nua?... Isso explicaria a ausência de sangue em suas roupas.

"Depois andei a rodar pelo quarto e lembro-me de ter conjecturado ainda, encarando o rosto desfeito de minha vítima. Não tenho remorsos do que fiz... Sofri quatro anos de tortura."

Disse ela isso nua, abraçada ao homem que amava, morto, o sangue a escorrer entre os dois, unindo-os?

"Foi só então que notei que estava sozinha com Arthur morto. Larguei da faca e fui lavar-me, tirar o sangue de mim."

Matá-lo foi a única maneira que ela encontrou para possuí-lo? Núpcias de sangue, ou matou apenas por vingança? Eu nunca saberei e ela nunca me dirá.

"Depois o senhor sabe o que aconteceu: chegou Elisário com o guarda e, quando o outro delegado chegou com o médico, fui conduzida aqui para a Central."

O CÁRCERE

O delegado tem o inquérito concluído: a cumplicidade de Elisário se resumiu na compra da arma e em atrair Arthur Malheiros ao hotel; Albertina sozinha consumou o crime. O delegado pede à mãe de Albertina que convença a filha a confessar a maior parte do marido no crime: "Nem fale disso, mamãe. Estou satisfeita com o ato que pratiquei".

Pensará ela na noiva de Arthur em prantos, pois nunca chegará ao altar?

"Por que chora, mamãe, se estou tranquila?"

O delegado anuncia que, estando concluído o inquérito, ela será transferida para a Cadeia Pública.

"Lá estarei melhor, não é? Terei uma prisão mais ampla e arejada e alimentação menos infame do que esta que me dão aqui."

Antes de seguir para a Cadeia Pública, Albertina muda de roupa: troca o fino vestido de rendas brancas por uma saia azul-escura e blusa branca. Está sem chapéu, com longa trança negra solta pelas costas.

O PROCESSO

Em junho de 1909, Albertina é conduzida a julgamento. O promotor público Adalberto Garcia, na acusação, tenta provar:

Que Arthur Malheiros nunca fora o sedutor de Albertina. Que dona Rosa, separada do marido, vivia na pensão com outro homem, mantendo um ambiente de concubinato e prostituição. Que Arthur, na época um meninote ingênuo, nunca demonstrara qualquer simpatia por Albertina. Que, antes de Albertina confessar a gravidez e ter a criança, ninguém na pensão suspeitara de nenhuma ligação entre ela e Arthur.

Que Albertina, quando fora lecionar no interior, se revelara, segundo depoimento de testemunhas: "Uma Messalina de baixa estafa, entregando-se sem pejo, nem decoro, aos hóspedes adventícios de hotéis baratos e aos rapazes foliões de noitadas alegres, abrigados ao violão choroso e às modinhas piegas".

Que, como prova de seus maus costumes, Albertina vivia amasiada com Elisário antes de seu casamento: na prisão, dois meses após o crime e o casamento, Albertina dera à luz uma criança, filha de Elisário. Que este ato punha fora a alegação de Albertina de que matara Arthur porque Elisário se revoltara com sua confissão de que não era mais virgem na noite de núpcias.

Apesar da argumentação do promotor público, Albertina é absolvida por unanimidade de votos, tendo o Conselho de Sentença reconhecido a favor da ré a completa privação de sentidos (art. 27 § 4º do Código Penal). O promotor público apela.

Em janeiro de 1910, Albertina é submetida a novo julgamento e, desta vez, é condenada a 25 anos e meio de prisão por oito votos contra quatro. Os advogados da ré interpõem recurso e Albertina vai a terceiro julgamento, no dia 19 de abril de 1910, sendo absolvida por sete votos a cinco.

Absolvida. Assim termina a história de Albertina e de seu noivado sangrento... ou talvez, sua história comece aqui e agora, quando seu mistério começa a viver entre nós.

A MORTE DO TENENTE GALINHA
O FIM INGLÓRIO
DO FAMOSO
CAÇADOR DE BANDIDOS

Três e pouco da madrugada de 23 de abril de 1913, na cidade de São Paulo. Enfrentando fria madrugada paulista, um guarda civil patrulha a rua da Mooca, no bairro do Brás. Surgida da escuridão, uma mulher franzina e feia puxa pela mão um menino assustado. Sem demonstrar nervosismo, ela se dirige ao guarda:

— Entrou um ladrão lá em casa. Venha depressa, por favor!

O guarda reconhece a mulher:

— A senhora não é esposa do tenente Galinha?

— Sou. Vamos depressa, temo pelo meu marido.

— Então a senhora tem mais confiança num guarda como eu do que no seu marido, que é homem pra mais de cinco?

Como todos da corporação, o guarda civil conhece a fama do tenente Galinha: homem brabo, de tiro certeiro, comandante do Pelotão de Capturas que se embrenha no interior do Estado de São Paulo à cata de bandidos e criminosos foragidos; pelo sertão adentro ia buscar os fora da lei onde estivessem e trazia-os vivos ou mortos. *Matar para não morrer* era o lema do mais famoso caçador de bandidos que São Paulo já conhecera.

O grupo chega apressado à casa da rua Ana Nery nº 14. Conduzido pela mulher, encontra o tenente Galinha morto no leito, todo ensanguentado, com vários ferimentos de bala. Pela luz bruxuleante da lanterna a querosene que trazia nas mãos, o guarda vê que as gavetas da cômoda estão abertas e reviradas: um latrocínio. A mulher do tenente Galinha acende mais um bico de gás para fazer mais luz.

AS INICIAIS TG

Em 1888, João Antônio de Oliveira entrou para a Força Pública do Estado de São Paulo. Dez anos mais tarde, com a reforma dessa arma, foi elevado ao posto de alferes. Sua carreira é toda ela passada chefiando as escoltas policiais que percorriam o interior paulista capturando criminosos. Cria fama de férreo executor da lei, mesmo que para isso tenha de passar por cima da lei; e é fato sabido que não só tomava dinheiro de fazendeiros, para livrá-los de assaltos, como dos próprios bandidos. Suas façanhas como caçador de bandidos são contadas em jornais e em folhetos de cordel que se vendiam nos trens e nas bancas de jornais em bairros populares.

Dizem que, em vez de entregar os presos capturados no interior, preferia trazer suas orelhas cortadas. Dizia ele: *Lugar de criminoso é no cemitério e não na cadeia.* Mal sabia assinar seu nome, mas com precisão escrevia suas iniciais à bala disparada pelo seu revólver Smith & Wesson, sempre novinho em folha, que brilhava na cintura. Em 1909 é promovido a tenente e, quase em seguida, nomeado chefe do Serviço de Capturas, cargo que já exercia de fato havia algum tempo. Escolhia a dedo os membros de sua escolta, sempre entre os soldados mais valentes e de melhor pontaria.

Aloirado e de escassos cabelos, pequenos e frios olhos castanhos, era alto e muito forte. Tinha, contudo, sua fraqueza: era um comilão de primeira. Quando chegava com seu bando a uma cidadezinha no interior, antes mesmo de se informar sobre onde se escondiam os bandidos, a primeira coisa que fazia era exigir que os moradores lhe preparassem uma galinha assada bem gorda. Daí veio seu apelido.

BENEDITA

Na delegacia, a mulher do tenente Galinha, Benedita de Oliveira, conta o que sabe. Seu marido chegara em casa por volta por volta das duas da madrugada e logo dormira. Por volta das três horas, ela ouviu um barulho na cozinha e foi verificar sem acordar o marido. No corredor encontrou dois homens armados, que a obrigaram a entrar no quarto onde dormia seu filho, Pretextato, de 12 anos. Acordou o menino e os dois fugiram pela janela em busca de ajuda. Quando voltaram com o guarda civil, encontraram o marido assassinado. Nada mais sabia.

O tenente Galinha conheceu Benedita numa de suas andanças pelo interior e casou-se com ela em São João da Boa Vista, no ano de 1897. Os que privaram da intimidade do casal contam que o tenente Galinha era dominado por aquela mulher feiosa, de gênio violento, que o tratava aos trancos e barrancos e se aproveitava das inúmeras viagens do marido para traí-lo com o primeiro que lhe aparecesse pela frente. Nem o nascimento de Pretextato, único filho do casal, mudou o comportamento de Benedita. Uma vez, quando Galinha estava atrás dos famosos bandoleiros Vacabrava e Canguçu, soube que sua mulher também viera para o interior e se encontrava em Jaboticabal, em orgias com um sargento da polícia, um escândalo na cidadezinha. Para não perder a pista dos bandidos que perseguia, pediu a um seu irmão que fosse atrás de Benedita e a arrastasse de volta ao lar. Levada contra sua vontade para São Paulo, Benedita tenta o suicídio dando um tiro de garrucha no ouvido. Sem ter a mesma pontaria do marido, erra o tiro e a bala deixa uma cicatriz em seu rosto para o resto da vida. Apesar das traições de Benedita, o tenente Galinha não consegue escapar de seu feitiço. Há quem afirme que, para provar seu domínio sobre o marido, Benedita o fazia beijar sua cicatriz nos momentos de amor entre o casal. Dizem até que ela era dada a coisas de feitiçaria.

A FORÇA DO NOME

Numa estrada deserta na roça, o tenente Galinha e sua escolta cruzam com um negrão, Lino Ferro, duas mortes nas costas e os sinais de muitas brigas de faca pelo corpo. Galinha sofreia sua montaria e quer saber quem é aquele mal-encarado:

— Ei, homem, identifique-se!

— Me identificar pra quem? — retruca ele, apertando o cabo do facão.

— Pra mim. Sou o tenente Galinha.

Foi o susto: só de saber que aquele era o falado tenente Galinha, o bandidão caiu por terra, como que fulminado por um raio. Foi o susto: quando acordou já estava amarrado, preso por uma corda, arrastado pelo chão a caminho da cadeia.

NOTÍCIAS DO SERTÃO

Na noite de 22, o tenente Galinha deu sua costumeira passada na Polícia Central para saber das novidades e conversar fiado. Gostava de repetir eternamente suas façanhas. "O Vacabrava viu que estava cercado, então abriu a porta do casebre e gritou pra gente não atirar. Somos bobos?! Mesmo com as mãos para o alto, sei lá se ele não estava tramando alguma coisa. Bam, bam, bam, passamos fogo ali na hora, ficou com mais furos do que uma peneira. Já o companheiro dele, o Canguçu, estava escondido noutra casa ali perto. Quando se viu cercado tentou escapar pela janela, deu um salto forte para cair perto de um mato, por onde podia fugir. A escolta toda atirou ao mesmo tempo. Ele morreu voando que nem um passarinho; caiu no chão já mortinho da silva. Para carregar os dois corpos, deu uma trabalheira, pesados de tanto chumbo que levaram."

Esse caso deu motivo a uma música de viola da época, recolhida por Adherbal Oliveira Figueiredo:

Na vida de Ribeirãozinho
Valentão não se acaba
Mataram Canguçu
Jesuíno Vacabrava

Triste sina desses homens
Fizeram uma morte feia
Depois de mortos no chão
Ficaram sem as oreia.

Canguçu era valente
E costumava pulá
No saltá de uma janela
Queimaram ele no á.

Os jornais da época falaram muito sobre o caso, acusaram o tenente Galinha de ter matado Vacabrava a sangue-frio. Ele não se fartava de fazer intermináveis visitas às redações explicando que no interior a lei é outra. Repetia sem cessar seu mote: *Matar para não ser morto* — essa era sua lei. Explicava que tinha de limpar os sertões, de atender o pedido dos fazendeiros, de ir a lugares infestados de criminosos onde nem delegado, nem juiz, nem advogado valiam porcaria nenhuma:

— Queria ver você no meu lugar.

Havia quem lhe desse razão: meses inteiros sozinho com sua escolta, contando com a ajuda de fazendeiros ricos que indicavam onde estavam os criminosos que queriam ver na cadeia e providenciavam comida, alojamento e uma recompensa; mas também dizem que tomava dinheiro dos bandidos para não prendê-los. Outros não aprovavam seus métodos, mas entrava governo e saía governo, e o tenente Galinha continuava. Aos que o acusavam de violento respondia: "Para levar preso para cadeia? Para político soltar?". Contava as incontáveis prisões que já fizera, dos dias e noites sem fim que passara caçando bandidos. Tinha de se cuidar, não podia errar um tiro; treinava pontaria todos os dias, tinha de ser o melhor:

— Morto o general, o exército está perdido!

A ÚLTIMA NOITE

Naquela noite, depois do seu costumeiro bate-papo na Polícia Central, Galinha foi ao Polytheama, onde apreciou Gilbert, cantora francesa; Jane Herlag, *chanteuse a diction*; Zuleima, cantora lírica; Maud, *chanteuse gommeuse*; Prince Miller Trio, malabaristas e acrobatas; Maria Fantine, *divetta napolitana*; Antonia Lucas, bailarina espanhola; e Lilia Duclos com a quadrilha do Moulin Rouge dançando o cancã. O tenente Galinha parecia gostar muito de teatro de variedades, tanto que na sua Fé de Ofício consta, em 23 de julho de 1904, a seguinte reprimenda, uma das muitas que recebeu em sua carreira:

Foi público e notório que conduziu para Ribeirão Preto o sr. coronel Manoel Pereira Cavalcanti, preso confiado à sua guarda, e à noite o levou ao Teatro Cassino, revelando com esse procedimento abusivo ser ignorante em matéria disciplinar e censurado severamente e convidado a agir corretamente.

A VIRGEM

A morte dura um segundo; um combate, minutos; o resto do tempo é procurar, descobrir pistas. Durante o dia, passa o tempo nas conversas, recolhendo o que os fazendeiros dão. À noite, a pinga nos bares, na zona; as danças com putas desdentadas. A pinga oleosa vai tomando o gosto do querosene dos candeeiros. Aí, numa conversa, falaram que numa casinha, retirada da vila, morava sozinha dona Escolástica, velha pra mais de noventa anos e ainda virgem; nunca se casara. Virgem!

— É de se vê.

E o tenente Galinha foi ver. Cachorro que latiu no terreiro levou com as botas lustrosas nas fuças; outro pontapé derrubou a porta. Lá dentro a velha, com medo, reza, implorando: "Não me faça mal seu soldado, não me faça mal". Galinha fez, e depois foi urinar no pinico de porcelana inglesa, talvez a única riqueza da casa de porta arrombada. A velha chorando, ele mijando e olhando para o oratório na parede. O mijo vai fora do pinico e pela porta arrombada entram mariposas em busca da luz da casa. Depois a volta e as perguntas maliciosas:

— Como é isso, seu tenente Galinha, a velha é virgem mesmo?

— Foi... Foi... Virgem agora é só a Virgem Maria.

FUNERAL PARA UM POLÍCIA

A carreta de rodas altas leva o caixão de enfeites dourados até o cemitério do Araçá. O enterro do tenente Galinha foi um grande acontecimento: presentes desde soldados e delegados da polícia até o comandante e toda a oficialidade da Força Pública. O secretário de Justiça e Segurança Pública representava o presidente do Estado; ao seu lado, o chefe da missão militar francesa, que organizava a Força Pública de São Paulo, elegante com seu uniforme de gala, apesar da chuva que caía.

Um pensamento estava em todas as cabeças durante o enterro: *Quem matou o tenente Galinha?* A história dos ladrões contada por Benedita era meio fantástica, mas ela não se desdizia e Pretextato confirmava as palavras da mãe. A má fama de Benedita e suas frias reações durante a noite do crime — não se interessara em saber se Galinha estava morto ou ainda vivia — atraíram as atenções da polícia, que começou a investigar sobretudo suas relações com Israel Coimbra, um policial amigo de Galinha que lhe arranjara o emprego e que afirmava ser amante de Benedita. Durona, Benedita não se afastava de sua história e, como não havia motivo para interrogar Israel Coimbra, o delegado José Maria do Valle passou a apertar o menino Pretextato, mais pressionável que sua inflexível mãe.

INVESTIGAÇÃO

Por volta de 1905, o tenente Galinha já era figura famosa no centro do país e ele foi emprestado à polícia de Minas Gerais para auxiliar na busca de um bando de malfeitores que agia no interior, na chamada Campanha do Sacramento. Fora de casa, Galinha se mostrava mais durão ainda: asperamente interrogava os caboclos, e aquele que não pudesse fornecer pistas era chicoteado até perder os sentidos. Os habitantes da região começavam a se perguntar se a medicina não estava sendo pior que a doença. Naquele ambiente de opressão, numa manhã, Galinha foi se chegando perto de um sítio; de longe percebeu alguém espiando por trás duma árvore. Em seu cérebro se formou uma imagem: bandido! Não pensou duas vezes, mirou sua Winchester e acertou um balaço bem no meio da testa do suspeito. Com o barulho do tiro acorreram os moradores da redondeza e uma mulher grita em prantos: "Mataram meu marido!".

Galinha viu logo o erro que cometera. Não matara um malfeitor, assassinara um pobre velho. Ouvia o choro e via os olhares, primeiro de espanto, depois cheios de cólera, dos caboclos que iam se aproximando, mãos crispadas em suas enxadas. Talvez naquele momento o tenente Galinha tenha sentido medo, medo da raiva daquele povo. Mas, se sentiu, durou pouco, pois em seguida mandou seus soldados atirarem naqueles homens desarmados, pondo-os em debandada. A última a correr foi a viúva, deixando o marido morto estirado no chão. O tenente Galinha ordena a seus soldados fazerem meia-volta. Silenciosa, a patrulha afasta-se noutra direção, deixando o cadáver entregue às moscas.

O AMIGO

Enquanto a polícia ia colhendo indícios que comprometiam Benedita, o jornal *O Correio Paulistano* publica nota indagando por onde andava Israel Coimbra, o amante de Benedita. Depois do crime, fora visto no velório de Galinha, chorando a morte do amigo e protetor, e em seguida sumira. Publicada a nota, no mesmo dia, Israel Coimbra irrompe na redação do jornal:

— Quem foi que disse que Israel Coimbra está escondido? Israel Coimbra não se esconde. Está aqui. Presta seus serviços policiais nos bancos e anda à vista de todos. Quem foi o repórter que escreveu isso?

Brandia o jornal em frente à redação silenciosa:

— Pois bem, eu vou até a delegacia. Mas, se eu for preso por isso, meto uma bala na cara do repórter.

Israel Coimbra foi se apresentar na polícia, onde o delegado José Maria do Vale continuava pressionando Pretextato:

— Sua mãe tinha relações íntimas com Israel Coimbra, o amigo de seu pai?

— Efetivamente.

— Não será possível que Israel seja o autor da morte de seu pai?

Os olhos quase a chorar, o menino olha para o delegado, como que suplicante a dizer *não me pergunte isso*.

OS CIGANOS

Foi na zona do Pontal: os fazendeiros apelaram para que o tenente Galinha os livrasse de um bando de ciganos. Queixas de roubo de cavalos e até de crianças. Os ciganos acampavam perto de um lugarejo e começavam as queixas: as roupas sumiam dos varais e os tachos de cobre que vendiam azinhavravam no dia seguinte; sob o pretexto de ler a sorte, as mulheres ciganas entravam nas casas e enfiavam debaixo das saias tudo o que podiam; os homens davam água de cal para os cavalos, que então estufavam e eram vendidos como cavalos gordos, mas morriam em seguida.

Galinha e sua escolta chegaram à região quando os ciganos já se preparavam para fugir — cigano é assim mesmo, não fica muito tempo num lugar. Estavam nas margens do rio Pardo, perto do Porto João Nobre, começando a travessia. Ao chegar ao alto do morrinho perto da margem, Galinha rapidamente vislumbrou a situação e gritou a ordem: "Atirem. Caprichem na pontaria que dá tempo".

Começou a fuzilaria. Tomados de surpresa, os ciganos tratavam de atravessar ligeiro o rio para encontrar abrigo nas árvores da outra margem. O tiroteio espantava os cavalos, derrubando cavaleiros e carga; aqueles que dependiam de montaria para a travessia obrigavam-se a ficar na margem a pequena distância dos soldados. O rio dava pé, mas a correnteza era muito forte e a travessia, demorada. Os soldados do tenente Galinha tinham condições de mirar com cuidado antes de atirar. As crianças menores iam empurradas dentro dos tachos de cobre que serviam como boia. A soldadesca tirava proveito: com cuidadosa pontaria acertava a mãe; morta a portadora, o tacho vagava ao sabor da correnteza, alvo bom pra treinar a pontaria. A arma zunidora ao acertar o tacho avisava com metálico ruído que cumprira sua sinistra missão. Os ciganos que alcançavam a outra margem não paravam para contar os mortos, levados pela correnteza. Morto seu domador, o urso do grupo grunhe e corre desajeitado em busca de abrigo, com a agora inútil corrente balançando presa à focinheira.

Não se sabe quantos ciganos — homens, mulheres e crianças — sumiram nas águas tintas de sangue. O bando, com medo da coluna do tenente Galinha, não voltou para procurar seus mortos. Os remanescentes alcançaram o Paraná e, quatro anos mais tarde, a Polícia Militar desse estado dizimou-os na região de Guarapuava.

A CRIAÇÃO DE UM FILHO

Todo pai procura transmitir ao filho os ensinamentos que acumulou durante sua vida. Todo pai quer seu filho a ele igual. O tenente Galinha, zeloso, ensina Pretextato, desde cedo, a bem atirar. O alvo: os gatos de fundo de quintal, móveis como seres humanos. "Não fecha o olho, menino! Os dois olhos bem abertos, olhando o alvo!"

Os olhos de Pretextato começaram a se encher de lágrimas. O delegado muda o tom de voz, fala manso, como um pai:

— E não seria possível que Israel Coimbra tenha matado seu pai?... É melhor você contar tudo que sabe...

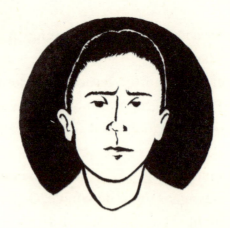

PRETEXTATO CHORA

O menino contou o que sabia, Benedita e Israel completaram. Benedita idealizou o crime: morto Galinha, ela passaria a viver com seu amante, Israel, de quem estava grávida. Talvez o motivo principal fosse o seguro de vida e o montepio que Galinha deixara; somente o seguro renderia doze contos de réis, um dinheirão para a época. O plano foi combinado: de madrugada, Benedita abriria a porta da cozinha, facilitando a entrada de Israel, que, depois de ter assassinado o tenente Galinha adormecido, reviraria a casa para parecer que o crime fora feito por ladrões.

O plano transcorreu conforme o combinado. Israel arranjou um cúmplice, Benedito Silva, um "hominho pequenino" e coxo, modesto funcionário da Repartição de Águas, de inexplicadas relações com a polícia, por todos chamado de Manquinho. Na noite aprazada, após fazerem hora bebericando num bar, seguem os dois para a casa de Galinha, pulam o muro e, no quintal, esperam até as três, hora combinada para Benedita lhes abrir a porta. Entram quietos em direção ao quarto onde Galinha roncava.

Benedita tivera o cuidado de tirar o revólver que o marido sempre deixava na mesa de cabeceira quando dormia. A porta do quarto estava entreaberta. Israel entrou e encostou o cano da arma bem junto à cabeça de Galinha e disparou. Dizem, ninguém sabe ao certo, que o tenente Galinha acordou com o barulho da morte e ainda tentou erguer o corpo, mas caiu em seguida para receber mais cinco balaços disparados por Israel e Manquinho. No momento da morte, no quarto ao lado, Benedita diz grave a Pretextato: "Estão fazendo com teu pai o que ele fez com muita gente". E, saindo pela janela, correm a avisar a polícia, conforme estava combinado. Israel e Manquinho ainda se demoram revirando as gavetas para parecer roubo. Ao saírem, levam trezentos mil-réis que acharam.

A INQUIRIÇÃO

Israel, Manquinho e Benedita são inquiridos. O menino chora e procura os braços da mãe que o acaricia. O vozeirão forte de Israel confessa:

— Era preciso matar o tenente Galinha porque assim o queriam Benedita e Pretextato.

— Não, Israel, não atire sobre mim e esta criança a culpa do crime.

Benedita aninha melhor Pretextato em seus braços, mãe carinhosa. Israel olha para ela durante alguns segundos e vira-se para o delegado:

— Fomos eu e Benedita que matamos, porque nos amamos muito e ela não podia suportar o tenente que a maltratava...

O tom de voz de Israel é bem mais calmo, parece que agora, e somente agora, está tentando raciocinar sobre o que fez:

— Matei-o porque era preciso: Benedita acredita nesses negócios de feitiçaria. Sabe, seu delegado, uma vez ela tomou um lenço meu e amarrou com um nó nele, rezou umas rezas, e disse que com aquele nó eu estaria amarrado a ela para o resto da vida; que eu seria dela para sempre... Enfim, seja o que for: o que está feito, está feito.

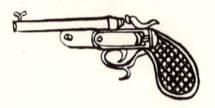

O FEITO

Em junho, Benedita foi a julgamento, defendida pelo advogado Adriano Marrey Junior. Foi absolvida. Houve apelação da sentença e ela voltou para a Cadeia Pública, onde atrás das grades, em agosto, deu à luz uma menina. No mesmo mês Israel foi julgado, recebendo pena de trinta anos. Recorreu e teve sua pena reduzida para 25 anos e meio. Manquinho, no primeiro júri, foi condenado a 25 anos de cadeia, mas em um segundo júri diminuiu dez anos de sua pena. Pretextato foi inculpado, mas morreria de doença, pouco depois da morte de seu pai.

Na Fé de Ofício de João Antônio de Oliveira, datada de 25 de abril, lê-se essa última anotação:

Excluído por ordem do dia do Comando Geral nº 27, do estado efetivo da Força, por haver sido assassinado na madrugada de 23, em sua residência, à rua Ana Nery, 14, nesta Capital.

O tenente Galinha, famoso caçador de bandidos, descansava em paz.

A MALA SINISTRA

Dia 3 de setembro de 1908. Atracado no porto de Santos, o grande transatlântico *Cordillère*, provindo de Buenos Aires, recebia passageiros para o Rio de Janeiro, sua última escala no Brasil antes de seguir para a Europa. Puxando fogo, prestes a largar, o Cordillère recebe um estranho passageiro que, varando a multidão, apressado, sobe ao portaló: Miguel, moço, elegantemente trajado. Atrás dele, dois robustos carregadores esforçam-se para levar uma pesada mala até o vapor. Miguel acompanha atento todos os movimentos dos carregadores, vigiando sua preciosa carga. Colocada a mala no navio, um dos marinheiros estranha o fétido odor que ela exalava

— Que contém essa mala que fede tanto?

O passageiro, Miguel, afetando calma, responde pronto:

— Conservas em latas; quanto ao mau cheiro que exala, é devido a algumas delas, deterioradas, terem-se destampado.

O marinheiro aceita a explicação e a mala é levada ao porão; Miguel embarca e o vapor larga ferro.

QUEM É MIGUEL TRAD

Solteiro, 23 anos de idade, Miguel, deixando sua pátria há três anos, veio para São Paulo, ali travando logo relações de amizade com o industrial Elias, 38 anos de idade, estabelecido com uma fábrica de calçados, na rua 25 de Março, nº 139, casado com Carolina, de notável beleza e bem mais jovem que o marido.

Aspiro de teu corpo o aroma intoxicante;
Todo meu organismo em delírios estremece

Miguel necessita meios para sobreviver. Recebera, é certo, uma herança paterna, mas a dissipara em gozos nos seus seis meses de permanência em Paris. Condoído da sorte desse moço, o industrial Elias o admite em seu escritório como guarda-livros. Miguel conquista a estima, simpatia do seu patrão, cujo lar passa a frequentar.

Três anos após sua chegada, Miguel volta a Santos e, retirando de um depósito a pesada mala, que dois dias antes enviara para lá, embarca com ela no *Cordillère* rumo ao Rio de Janeiro.

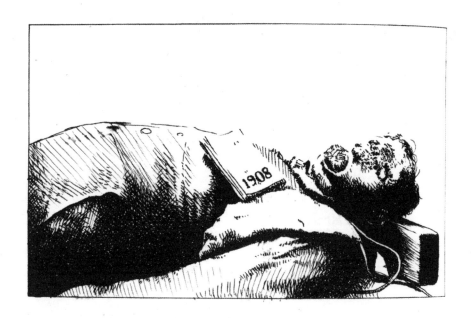

DE SANTOS AO RIO

Em viagem, Miguel consegue, depois de reiterados pedidos, que a mala seja levada do porão ao tombadilho. Porém, dois marinheiros impressionados com a exalação fétida vinda de dentro da bagagem, passam a desconfiar e ocultam-se no convés, num lugar onde poderiam ver sem serem vistos. Noite... Depois de algum espera, vislumbram o passageiro agarrar-se à mala tentando atirá-la ao mar, correm até lá e conseguem impedir o tenebroso plano. Miguel, fulo de raiva, saca um revólver, mas os marinheiros e alguns passageiros conseguem dominá-lo. O comandante manda colocá-lo, sob guarda, no camarote-prisão.

Puseram na porta uma sentinela armada até os dentes. Passageiros e gentis passageiras passeavam em frente de meu camarote de luxo. Houve uma senhora que, ao ver-me, disse a uma companheira: "Olha como ele tem cara de assassino...". Surge a manhã e trazem-me alimentação; como com bastante apetite.

Tomando alguns passageiros como testemunhas, o capitão do navio manda abrir a mala. Procede-se ao arrombamento: um fedor insuportável fez-se sentir e, em vez de "conservas estragadas", dentro da mala se encontra um cadáver humano em adiantado estado de putrefação. As senhoras tiveram ataques, os homens recuaram apavorados, enquanto o comandante mandava jogar desinfetante sobre a mala, cobrir com lona alcatroada e pô-la na coberta, com sentinela à vista.

Esquecia-me de anotar: ao ser impedido pelos marinheiros, Miguel alegou que a mala era sua e que ele podia fazer com ela o que bem entendesse, inclusive atirá-la ao mar.

NO RIO DE JANEIRO

Atracado o *Cordillère* no cais, Miguel é levado em carro de preso para a Casa de Detenção, e a mala segue de carroça para o Necrotério, onde será feita a autópsia do cadáver.

Aberta a mala, foi encontrado o corpo de um homem de cor branca, em decomposição avançada. Por todo o ambiente se espalhou um cheiro horrível. O corpo fora metido à força, a cabeça socada para baixo, a fim de poder fechar a mala. O couro cabeludo se desprendia com facilidade, caindo aos pedaços. A língua, inchada desmesuradamente, caía para fora. A pele se descolava; nas mãos havia um anel de ouro com brilhantes. Para completar este quadro terrível, uma corda amarrada em cruz prendia os pés calçados com botinas amarelas, e do pescoço, ferido e dilatado, pendia uma fina corda que o envolvia em quatro voltas, apertada por um nó. Não havia dúvida: Elias (esse o nome da vítima) fora estrangulado.

O ESTRANGULADOR

— Por que matou Elias?

— Já fiz declarações.

Realmente, o criminoso, interrogado várias vezes, já fizera declarações assinadas, tão absurdas que o delegado, dr. Astholpho Araujo, se negava a aceitar.

Inquirem-me durante a noite. A noite (assim devem pensar a polícia) exerce influência sobre os criminosos, amedrontando-os e forçando-os à confissão de seus delitos. "Premeditei meu crime com todo o zelo. Não tenho remorso de havê-lo cometido. Ao contrário, estou satisfeito comigo mesmo. Guardo somente para mim o motivo pelo qual matei Elias: nada, nunca, me fará confessá-lo."

Miguel — 1908

*Rosa de fogo aberta, intensamente rubra,
Queres insaciada, o sol para queimar-te
Flexa Ribeiro — 1908*

Segundo o prisioneiro, o crime fora cometido por dois italianos desconhecidos, na sua casa na rua Boa Vista nº 39, sem que ele saiba explicar os motivos. Afirma que não tomou parte no brutal assassinato. Que só ficou sabendo ao chegar em casa e que, mais tarde, os italianos misteriosos mandaram uma grande mala à sua casa para que ele, nela, ocultasse o cadáver, o que o fez. Em seguida, os dois supostos criminosos mandaram um carroceiro buscar a mala e despachá-la ao porto de Santos. Depois disso, Miguel nunca mais os viu, tendo seguido para Santos com a intenção de embarcar no *Cordillère* para jogar a mala no mar.

— Não lhe adianta estar inventando uma história fantástica. Por que não conta a verdade? — diz energicamente o delegado.

Sou interrogado pelo chefe de polícia, que usa óculos duplos... decerto para ler melhor a consciência dos réus. Com suas fisionomias superexcitadas, os repórteres também me inquirem.

O acusado responde: "É verdadeira a história que eu conto". E prossegue com seu depoimento: "Que Elias é casado com uma moça italiana, tendo o casamento se realizado há oito anos, quando ela tinha apenas quinze anos. Mas que só os conhece de três anos a esta parte".

A VIÚVA DA VÍTIMA

Carne nova e sadia, ó vergel loirejante,
Onde a vermelha Flôr victoriosa floresce!

Miguel é preso no Rio. A polícia mostra-lhe o cadáver putrefato ("depois volto para a sala e como com apetite") que ele afirma não reconhecer como o de Elias; após o que é encaminhado para São Paulo, onde se dera o crime, por trem, num vagão postal, guardado por cinco agentes de polícia. Os jornais das duas cidades dedicavam páginas inteiras ao monstruoso crime.

Os jornais noticiaram o meu crime. Amanhã, se retificarem a notícia, se disserem que sou eu o estrangulado e Elias o estrangulador, o público acreditará do mesmo modo.

Em São Paulo, a imprensa, ávida de novidades, procura a viúva em sua luxuosa residência nos altos da fábrica de calçados, na rua 25 de Março, ponto de concentração dos imigrantes, com suas lojas de calçados e tecidos.

As janelas encimadas por lindas sanefas azul esmaecido e a cada passo um móvel, um objeto de arte, um *bibelot*, denotavam o conforto daquela residência.

Reinava o silêncio, cortado apenas pelos soluços da irmã de Elias. Poucos minutos decorridos, naquele ambiente de tristeza e comoção, quando Carolina, a viúva, surgiu de uma das portas do fundo. Vinha vagarosamente, deslizando sobre os ricos tapetes do salão, trajada rigorosamente de luto e trazendo atada à cabeça uma mantilha de seda preta que, mal aprisionando sua basta cabeleira loura, a deixava irromper sobre a testa.

Tal como uma floresta espessa e verdejante,
Em que o virgem perfume embriaga e estontece

No momento, era impertinente fazer inquirições inoportunas; cuidadosamente, os repórteres fazem perguntas relativas ao mistério. As respostas de Carolina pouco ajudam. Roubo não fora o móvel do crime, pois a carteira com dinheiro estava nas roupas do morto. Alguns rumores que corriam sobre a má situação financeira da fábrica não foram esclarecidos pela viúva; contudo, os irmãos de Elias, seus sócios, já haviam requerido a falência da firma no dia em que o cadáver fora encontrado.

— Miguel frequentava assiduamente sua casa?

— Não, era muito raro vir aqui, mas ia amiúde ao estabelecimento comercial de meu marido, de quem era amigo e com quem mantinha relações de negócio.

Na minha primeira noite na prisão, em São Paulo, não pude dormir devido a um vento frio e cortante que entrava pela janela sem vidraça.

Nas duas peças que Miguel ocupava na rua Boa Vista, a polícia encontrou uma página recortada da revista francesa *Très Curieux*, de maio de 1908, com uma gravura mostrando a seguinte cena: um homem se lança sobre outro, agarrando-o de surpresa e estrangulando-o. No fundo do quadro, aparece a silhueta elegante de uma figura feminina: a mulher fatal que ocasionava a terrível tragédia.

ARDIL DA POLÍCIA

O delegado, dr. João Baptista de Souza, pede a presença de Carolina na prisão onde se encontra Miguel. Depois de alguns rodeios, que as circunstâncias exigiam, pede auxílio na elucidação do crime à proposta viúva.

— Mas o que eu poderei fazer?

— Tudo. Todavia, é imprescindível que a senhora fale a Miguel.

Ouvindo estas palavras, Carolina teve um estremecimento e, sem articular palavra, levantou os olhos do chão e fixou a autoridade.

— É preciso que a senhora convença o assassino de seu marido a confessar o crime.

Continuou o delegado a argumentar com a viúva. Trêmula, Carolina ouvia suas palavras e manifestava seu assentimento, ora com um movimento dos olhos verdes marejados de lágrimas, ora com ligeiros acenos de cabeça.

CARTAS DE AMOR

Enquanto o soldado vai buscar Miguel no cárcere, o delegado remói seus pensamentos contemplando aquela mulher pálida, vestida de negro; marmórea e impenetrável estátua de beleza.

No quarto haviam sido encontradas duas cartas em francês, de Carolina a Miguel; são cartas quase de amor, escritas logo que se conheceram, quando Miguel chegou ao Brasil. Nessas cartas, Carolina queixa-se da família de Elias, abre os segredos de sua vida conjugal a um estranho que recém conhecera: todavia um estranho belo e jovem ("*Mon cher ami...*").

Carolina se casara com apenas quinze anos, com um homem bem mais velho, que não lhe pudera dar filhos; ciumento, de um ciúme quase doentio, conforme informaram seus investigadores. Miguel, apesar de todas as evidências, negara o crime que lhe fora imputado. Seriam amantes os dois? Se fossem, o desejo deles seria suprimir o obstáculo para a felicidade de ambos. Para descobrir a verdade, o delegado imaginara uma armadilha: sob o pretexto da ajuda dela para obrigar Miguel a confessar, colocaria os dois em confronto para estudar suas reações.

O delegado acha-se satisfeito com minha confissão e indaga se fui insistentemente interrogado no Rio. Entendo o sentido de sua pergunta, digo-lhe: "Ninguém pode me obrigar a dizer o que eu não queira. Cabe ao senhor, somente ao senhor, a glória de ter-me feito confessar". Ante minha resposta, o delegado dá-se ares de modesto e diz que é Carolina quem se aproveita de minha confissão, pois livrei-a de qualquer suspeita.

A CONFISSÃO

Daí a pouco, Miguel é introduzido na sala, onde o delegado e Carolina esperavam. Ao encará-lo, Carolina foi acometida de uma crise passageira. O bandido baixou-lhe um olhar inexpressivo e esperou. Carolina aproximou-se e, a custo, proferiu as primeiras palavras. Dizia-lhe o sugerido pelo delegado: que era importante ele confessar, para que a elucidação do mistério trouxesse paz a todos.

Miguel mantinha-se em absoluto silêncio. Não dava a menor resposta aos rogos de Carolina que, desesperada, viu baldado todo seu esforço e saiu da sala soluçando. O facínora estava, porém, visivelmente comovido e, após curta meditação, dirigiu-se ao delegado:

— Doutor, rogo-lhe que me autorize a conversar alguns minutos a sós com Carolina.

Surpreso, o delegado assentiu, desde que a viúva anuísse àquela solicitação. Tinha, entretanto, que deixar ali um soldado com uma carabina embalada. Miguel concordou com essa imposição, avisando que assim a conversação seria em francês, língua com a qual, certamente, o soldado não estaria familiarizado.

Tendo Carolina consentido, foram os dois colocados sentados nas extremidades de uma longa mesa: o soldado de pé, no meio, junto à parede. O delegado retirou-se da sala e os dois iniciaram sua conversa.

Olhei para a cara do coitado do soldado e vi logo que não podia compreender a língua francesa.

Nous aurons des lits pleins d'odeurs légères,
Des divans profonds comme des tombeaux,
Et d'étranges fleurs sur des étagères, [...]*

---

* "Vamos ter leitos de sutis odores, / Divãs que às fundas tumbas são iguais, / E sobre a mesa as mais estranhas flores, [...]". Charles Baudelaire, "A morte dos amantes", in: *A Flores do Mal*. Nova Fronteira, 1985. 6. ed. Trad. Ivan Junqueira.

CINCO MINUTOS

Após cinco minutos, Carolina sai da sala; Miguel chama o delegado e, calma e pausadamente, começa a descrever seu monstruoso crime. Confessa ter atraído Elias à sua morada e o estrangulado. Morta a vítima empurrou-a para a mala adrede preparada. Enviou-a a Santos e lá tomou o *Cordillère* com a intenção de jogá-la no mar, consumindo, assim, a prova do crime. Terminou a confissão afirmando que não tivera cúmplices e se negando terminantemente dizer a razão de seu ato.

Sou acareado com Carolina. Confesso desde logo que sou o único assassino de Elias. Acomodo-me à noite e durmo tranquilamente.

INDAGAÇÕES

Sobre o que teriam conversado Carolina e Miguel durante aqueles cinco minutos? Por que somente após esta entrevista Miguel confessou seu crime? Seriam cúmplices e teriam combinado que só Miguel assumiria a culpa? Seria o desaparecimento de Elias uma burla? Teria ele com Miguel assassinado outra pessoa e colocado na mala, ficando assim livre dos credores? Teria Miguel, durante os "cinco minutos", confessado a burla a Carolina, que até ali tudo ignorava? Se os dois não eram amantes, por que Carolina acedeu imediatamente a conversar em particular com o assassino de seu marido? Teria Carolina inspirado doentia paixão a Miguel, que, julgando-se correspondido, matara Elias? Somente nos "cinco minutos" viera Carolina a saber do amor de Miguel por ela? Após tantos dias na prisão, o que sentira Miguel ao ficar a sós com Carolina?

CAROLINA

Com a confissão de Miguel afirmando ser o único culpado, tudo parecia resolvido. Porém, discordâncias entre suas declarações e as de Carolina, colocavam a viúva sob suspeita; e havia ainda suas cartas a Miguel. Em suas investigações, a polícia descobrira que: *executado o hediondo crime, Miguel vai à casa de Elias, fecha-se com a mulher deste no dormitório do casal, de onde só se retira meia hora depois.* Fica provado também que Carolina telefonara a Santos tentando contatar com Miguel, após ele ter seguido para lá com a mala sinistra.

Carolina não tem explicações lógicas para o encontro em seu quarto nupcial com Miguel, momentos depois de ele ter-lhe matado o marido; nem para o telefonema a Santos. Em vista disso, o juiz da 1ª Vara Criminal expede mandado de prisão preventiva contra ela.

Parece-me ter o delegado discordâncias entre minhas declarações e de Carolina. Então, eu, de muito bom humor, confirmo minha confissão anterior, observando-lhe, ainda, que de modo algum me arrependo do que fiz.

HABEAS CORPUS

O advogado de Carolina, dr. Passos Cunha, entra com um pedido de *habeas corpus* em favor de sua cliente. Eis parte de sua brilhante argumentação:

ISTO É CRIME — SER BELA?

A Egrégia Câmara Criminal, em sessão memorável, concedeu liberdade a Carolina, tendo os senhores ministros fundamentado longamente seus votos.

Enquanto estava na prisão, esperando a decisão do tribunal que a liberaria do processo, Carolina declarou:

— Juro que não tive com Miguel relações menos lícitas, nem senti por ele nenhuma afeição que o animasse a esperar de mim qualquer coisa.

Por seu lado, Miguel continuava afirmando ser o único criminoso:

— Elias era um homem grosseiro na intimidade do lar, não tendo nenhum respeito, nenhuma delicadeza com as senhoras. Carolina, que sacrificou sua mocidade e consagrou sua vida a tratar de um homem doente, pode, depois de oito anos de devotamento, desejar a morte dele?

JULGAMENTO

Em março de 1909, Miguel Trad é julgado pelo assassinato de Elias, tendo o promotor, dr. Adalberto Garcia, pedido para o réu o máximo das penas do artigo 294 § 1º do Código Penal: trinta anos de prisão celular.

Supõem talvez que eu estou desesperado, que choro o dia inteiro, que não durmo à noite, que o remorso me persegue; que vivo sem comer, que pretendo pôr fim a minha existência. Desiludam-se! Vivo feliz, alimento-me bem, escrevo para passar o tempo e, sobretudo, canto sempre.

Miguel foi condenado a 25 anos e meio de prisão celular. Como, durante o julgamento, declara-se inocente, negando sua confissão anterior, seu advogado pediu novo julgamento. Julgado, o réu foi condenado à mesma pena. Apelou para a Egrégia Câmara Criminal, que confirmou a sentença. Pediu revisão do processo para o Supremo Tribunal Federal. Foi mantida a decisão do júri.

NOTA FINAL

Suponha que estejamos em 1909: Miguel cumpre a pena que lhe foi imposta; Carolina vive em companhia de sua mãe, longe dos parentes de Elias. O que concluímos de tudo isso? Tarefa dolorosa, na verdade, porque não estamos aqui para defender, nem para confrontar, mas para buscar a verdade, para podermos formar uma convicção

Com tudo o mais, o próprio tempo vai passar; porém, se mantivermos em nossa memória o registro destes acontecimentos e ficarmos atentos observando o desenrolar do tempo ao nosso redor, talvez no futuro tenhamos explicações para estes fatos que nos inquietam e, que neste preciso momento, já começam, lenta ou rapidamente, a pertencer ao passado.

E quando a Terra Fria o corpo cubra
Ainda hás de sentir, como a despertar-te
A volúpia final da decomposição.

O CRIME DE CRAVINHOS OU DA RAINHA DO CAFÉ

De luxo asiático é o palacete elegante, no meio de um bosque de árvores frondosas. É a casa de Nenê Romano, num aristocrático bairro da ainda provinciana São Paulo, enriquecida pelo café. A São Paulo que seus habitantes se orgulhavam em designar *uma locomotiva puxando vinte vagões vazios*. O combustível que alimentava a máquina que puxava os outros vinte estados brasileiros, nos primeiros vinte anos do século xx, era o café.

Nenê Romano, nascida Romilda Machiaverni, filha de imigrantes italianos, era o que se chamava então de *cocotte*: uma cortesã de luxo. No final de 1918, ano do término da Grande Guerra, das agitações operárias e da epidemia de gripe espanhola, Nenê Romano assombrava São Paulo com a riqueza de suas toaletes e sua beleza. À noite, as portas de seu palacete na rua Bento Freitas se abriam a quem tivesse dinheiro bastante para consumir o amor de luxo, o champanhe francês, a cocaína boliviana e o ópio chinês. Sua clientela reunia fazendeiros de café, políticos e industriais: o mundo elegante e abonado de São Paulo. A voz deles e de Nenê Romano cantando ao piano se espalhava pelos salões decorados à moda oriental, onde, em coxins caprichosos, seus convivas fumavam ópio, aspiravam cocaína ou praticavam amor, tudo segundo o figurino de Paris.

SINHAZINHA

Sinhazinha Junqueira, como a alta roda paulistana a chamava, era Maria Eugênia Junqueira, filha de dona Íria Alves Ferreira, de tradicional família paulista de quatrocentos anos. Dona Íria, mãe de sinhazinha Junqueira, era chamada "A Rainha do Café", sendo proprietária de várias fazendas de criação de gado e plantio de café. Somente a fazenda Pau Alto em Cravinhos, perto de Ribeirão Preto, com sua safra anual de 200 mil sacas de café, bastaria para transformar sua proprietária em "rainha".

Toda herdeira de grande fortuna paulista ia, vez por ano, à França, fazer compras. Em Paris, sinhazinha Junqueira se casou com Alphonse Delenze, cujo passado nunca se conheceu direito; alguns afirmam que era oficial do Exército francês. O casamento não deu certo; mais do que o amor, o marido ambicionava a fortuna da mulher. Houve a separação, o francês voltou para a França e, em fevereiro de 1918, a sociedade paulistana comenta que sinhazinha Junqueira tem por amante um político bem-sucedido.

Numa tarde de Carnaval, quando Nenê Romano fazia o corso na avenida Paulista, um político bem-sucedido atira-lhe um bilhetinho marcando encontro. E o político bem-sucedido passa a frequentar o palacete da *cocotte* e esquece a filha da "Rainha do Café". Nenê Romano arranjou uma rival perigosa. Duas amigas suas, assistindo uma sessão no Cinema Central, ouviram sinhazinha Junqueira, no camarote ao lado, afirmar que se vingaria da afronta. Sinhazinha escreve para dona Íria pedindo que sua mãe mande homens da fazenda Pau Alto para castigar Nenê Romano. Procura também, várias vezes, o médico João Procópio pedindo vitríolo para ela atirar no rosto de Nenê Romano, ou que arranje algum paciente sifilítico para contaminar a cortesã. O médico se recusa.

O GILVAZ

Numa noite, na rua Bento Freitas, quando a sedutora Nenê Romano descia de seu automóvel, foi atacada por dois indivíduos que, após tentarem vibrar-lhe uma pancada na cabeça, golpeiam com uma navalha seu rosto mimoso. Praticada a agressão, enquanto a *cocotte* grita e se esvai em sangue, os criminosos fogem num automóvel que os esperava. Nenê Romano acusa sua rival e apresenta testemunhas, mas o inquérito policial que incrimina sinhazinha Junqueira e sua mãe, dona Íria, desaparece misteriosamente e o caso fica por isso mesmo. Dona Íria Alves Ferreira é parente chegada de Altino Arantes, então presidente do estado de São Paulo.

UMA MULHER MARCADA

Executada a empreitada, os dois agressores, Ignácio Alves e Marcos Vioti, retornam à casa dos Junqueira, onde estiveram tomando conhaque antes do atentado, e prestam contas à sinhazinha:

— O serviço está feito.

Tal impressão causou essa comunicação que o sangue subiu à cabeça de sinhazinha, causando-lhe fortes dores e, depois, paralisia facial: todos os sintomas, enfim, de congestão cerebral, conforme atestaram os médicos João Procópio e Edmundo Carvalho. A satisfação de ter marcado para sempre o belo rosto de sua rival pouco serviu para sinhazinha Junqueira; não vai sobreviver muito tempo. Em 23 de janeiro de 1919, morre vitimada pela gripe espanhola.

Uma cicatriz rósea marca a pele alabastrina de Nenê Romano, do pescoço até a face. A *cocotte* transforma a cicatriz num novo *it*: um colar de muitas voltas de pérolas esconde a cicatriz na parte do pescoço, e um novo penteado graciosamente encobre a parte da face. Nenê Romano continua tão bela quanto antes.

O TEMPO PASSA

O inquérito policial continua dormindo em algum lugar, os agressores continuam impunes, Nenê Romano continua a vender caro suas carícias, dona Íria continua a prantear a morte de sua filha e a colher suas 200 mil sacas anuais de café em sua fazenda de Cravinhos.

Certo dia, aparece na fazenda Pau Alto um homem desconhecido na região. Alguns afirmam até que tinha o aspecto de um estrangeiro: moço, de estatura mediana, cabelos pretos lisos, repartidos ao meio, barba feita e bigodes pequenos. Dias depois, em 25 de maio de 1920, esse desconhecido é encontrado morto no local denominado Espraiado, em Cravinhos. Foi assassinado; tem vários sinais de pancadas na cabeça, marcas de facadas no ventre, inúmeros ferimentos nas costas, parecendo produzidos por chumbo de arma de fogo; a garganta e as orelhas foram cortadas; a língua arrancada, como para impedir que mesmo depois de morto pudesse falar; o rosto descarnado, para que se tornasse irreconhecível.

O delegado regional de Ribeirão Preto põe-se em ação e, depois de algumas investigações, prende Virgílio Bim, José Leme Sant'Ana, Antônio Leme Sant'Ana, Praxedes José da Silva, Romualdo Serapião Oliveira e Justino de Oliveira, todos colonos de Pau Alto. Os presos confessam o crime, dizendo que foram contratados por Alexandre Silva, administrador da fazenda, e que receberiam, cada um, 500 mil-réis pelo serviço. Contam que, na noite do crime, foram levados por Alexandre até a casa-sede da fazenda Pau Alto, onde dona Íria lhes serviu conhaque e charutos. Por volta de onze da noite, guiados por Alexandre e dona Íria, dirigem-se a um dos muitos quartos da casa, onde dormia um moço desconhecido para eles. A "Rainha do Café", com um lampião, ilumina a cena.

A agressão começa, dão pancadas na cabeça do adormecido que, atordoado, tenta levantar-se. Tapam-lhe a boca, para evitar que grite, e um deles enfia-lhe a faca na barriga. O administrador, Alexandre Silva, também intervém, vibrando golpes de machadinha na cabeça e no rosto do desconhecido. Dona Íria pede que deem picadas de faca, para que a vítima morra devagar, com bastante dor. Os sinais das pontadas de faca são tantos que pareceram aos médicos-legistas marcas de chumbo de arma de fogo.

Cometido o crime, vestem o corpo com roupas trazidas por dona Íria. Transportam o cadáver numa carroça, que já esperava no portão da fazenda. Como o dia estivesse amanhecendo, abandonam o desconhecido morto no Espraiado, onde dias mais tarde foi encontrado.

A VIRADA

A política mudou. Agora quem governa São Paulo é Washington Luís, de corrente contrária ao anterior presidente do estado, Altino Arantes. O dr. Acácio Nogueira, delegado geral de investigações, recebe ordens superiores e manda apurar o caso e entregar os culpados à Justiça.

À boca pequena, começam os comentários, que logo chegam aos jornais, de que o desconhecido barbaramente assassinado seria um dos autores da agressão a Nenê Romano. Com a mudança da situação política, passara ele a chantagear dona Íria, fazendo para tanto inúmeras viagens à fazenda Pau Alto, onde foi morto. A opinião pública e a imprensa pedem a reabertura do caso da agressão a Nenê Romano. Thyrso Martins, delegado geral no governo Altino Arantes, é obrigado a devolver o inquérito policial que, segundo ele, teria levado para casa por engano, junto a outros papéis.

O caso Nenê Romano é reaberto e os dois criminosos, Ignácio Alves e Marcos Vioti, são presos. Interrogados em frente à sua vítima, confessam a autoria do atentado e dizem ter sido aliciados por Alexandre Silva, o administrador da fazenda Pau Alto. Dizem que dona Íria não ficou nada satisfeita:

— Preferia que vocês tivessem matado essa vagabunda, em vez de marcar aquele rosto nojento!

Marcos Vioti chega a dizer para Nenê Romano, na delegacia:

— Olha, menina, eu tenho pena da senhora, porque, se a pancada tivesse acertado em cheio, a senhora não resistiria.

PALAVRAS DO BISPO

A respeito de dona Íria Alves Ferreira, de 67 anos de idade, declara o bispo de Ribeirão Preto, dom Alberto Gonçalves: "Sobre esta senhora, cuja vida e sentimentos pude observar, estou inclinado a julgá-la uma criatura de boníssimo coração e muito dada à prática de obras pias".

OUTRAS PALAVRAS

Estranhas são as relações da "Rainha do Café" com o administrador da fazenda Pau Alto. No noticiário dos jornais, aventa-se a hipótese de Alexandre Silva ser amante de dona Íria, apesar de ela ser uma sexagenária, branca e riquíssima, e ele um caipira bronco, quase pardo. A polícia começa a levantar a vida pregressa de Alexandre Silva. Descobre que, em 1919, Alexandre foi o mandante do crime que vitimou Ângelo Sereno, morto por uma "chuva de balas" ao chegar, à noite, a um bordel de Itajobi, no interior de São Paulo. Meses antes, por questão de ciúme, Ângelo havia matado o filho da irmã de Alexandre, uma prostituta. Estas e outras acusações contra Alexandre Silva são levantadas durante o inquérito.

A VÍTIMA

Descartada a hipótese de o assassinado de Cravinhos ter sido um dos autores da agressão a Nenê Romano, uma vez que os dois se encontram presos, fica a pergunta: quem é a vítima do crime de Cravinhos? Por que foi tão cruelmente assassinado e por que o cuidado em evitar fosse identificado? Deveria ser alguém de posses, pois o cadáver, apesar de vestido com as roupas simples dadas por dona Íria, calçava sapatos caros e meias de seda pura. Não era ninguém da região, pois se assim fosse sua falta seria logo sentida. Quem era então?

Uma nova versão começa a circular: o morto seria o oficial francês, viúvo de sinhazinha Junqueira. Depois da morte de sinhazinha, o marido francês veio ao Brasil, com a intenção de entrar no dinheiro dos Junqueira, pegando sua parte nos bens da esposa. Ficou hospedado na fazenda Pau Alto, onde sua proprietária o recebeu muito bem, fingindo aceitar suas exigências quanto à herança de sinhazinha Junqueira, até que dona Íria mandou matá-lo na noite de 21 de maio de 1920, pelos capangas contratados por Alexandre Silva, seu administrador e amante.

A RAINHA NA CADEIA

O clamor público é muito grande e o crime de Cravinhos está diariamente nas páginas dos jornais. É expedida ordem de prisão e dona Íria é conduzida presa até São Paulo. Vem num vagão-dormitório, em trem expressamente fretado, como convém a uma *rainha*, acompanhada por um séquito de serviçais, médicos e advogados. Para evitar a curiosidade pública, viaja à noite e, ao desembarcar em São Paulo, é conduzida pelo delegado geral, Acácio Nogueira, para a cadeia pública, onde a família Junqueira providenciou mobiliário em cômodos especiais.

O escritor Monteiro Lobato vê nisso sinal da mudança dos tempos, pois até *fazendeiro rico vai para a cadeia.*

Acareada com Alexandre Silva e os demais criminosos, dona Íria declara altivamente que ela e Alexandre estão sendo vítimas de uma grande calúnia. Nega terminantemente o crime e diz não conhecer os assassinos, com exceção do carroceiro Justino de Oliveira, seu empregado na fazenda. Diante da arrogância das palavras de dona Íria, os criminosos, caboclos simples e sem cultura, mantêm-se cabisbaixos. Uns deles já começam a negar o crime confessado. Apenas um deles, Praxedes José da Silva, mantém sua confissão até o fim: corta a palavra de dona Íria e brejeiramente pisca o olho para o advogado:

— Doutô, ela está mintindo.

O FILME

O público paulista consome tudo o que se diz e se escreve sobre o crime de Cravinhos. Os jornais, no segundo semestre de 1920, diariamente trazem reportagens, editoriais, notas e matérias pagas sobre os acontecimentos. O semanário *O Parafuso*, de Benedito de Andrade, é um dos mais virulentos, exigindo a punição dos culpados; suas edições se esgotam rapidamente. O público quer saber toda a verdade sobre os crimes da "Rainha do Café".

Um filme sobre o assunto, *O Crime de Cravinhos*, produzido por Gilberto Rossi, Arturo Carrari e o delegado Fiorini Silva, é lançado à toque de caixa no Cinema Avenida, na elegante avenida Brigadeiro Luiz Antônio. No dia da estreia, com a casa apinhada, a polícia apreende o filme, por ordem da família Junqueira. Os produtores entram com uma ação de reintegração de posse e conseguem reaver a cópia, que passa a ser exibida com bastante sucesso. O filme, que custara 20 contos de réis, rende quase 500, isso numa época em que uma boa casa era vendida por 7 ou 8 contos. Os Junqueira continuam tentando impedir a exibição do filme.

POLÊMICAS

Os jornais paulistanos continuam com polêmicas sobre o crime de Cravinhos: nunca se viu tanta matéria-prima junta. Em *O Estado de S. Paulo* se destacam as matérias assinadas por Moacyr Piza, um dos muitos advogados contratados por dona Íria para atender os múltiplos aspectos do caso. Personalidade de destaque no mundo cultural, social e político de São Paulo, autor de livros de versos satíricos, Moacyr Piza chama a atenção pela virulência com que ataca o delegado Acácio Nogueira, o principal acusador de dona Íria. Durante meses, os advogados publicam nos jornais uma nota intitulada "O Desafio de uma Inocente", onde dona Íria se propõe a dar 200 contos de réis ao delegado Acácio Nogueira, se ele puder provar a identidade do morto e conseguir demonstrar as relações de amizade entre o morto e ela, seus filhos, genro e administrador. A quantia de 30 contos é oferecida a qualquer pessoa que se proponha a fazer o mesmo. Os detratores de dona Íria afirmam que, com esta nota, ela estava querendo avisar ao delegado que havia muito mais dinheiro se ele não descobrisse nada.

O jornalista Benedito de Andrade aceita o repto e publica anúncio onde acusa dona Íria de oferecer muito pouco dinheiro e pede 500 contos para esclarecer a identidade da vítima, importância que seria dada a instituições de caridade. Pede ainda que ela lhe dê 50 contos para que ele inicie as investigações a fim de revelar a identidade da vítima. Algum tempo depois, Benedito de Andrade é assassinado, em circunstâncias até hoje não esclarecidas, e muitos são os que acusam os Junqueira de ter mandado matar o editor de *O Parafuso*, semanário de onde saíram os maiores ataques a dona Íria.

O JULGAMENTO DOS HOMENS

O caso de Cravinhos é levado a tribunal em 8 de novembro de 1920. O recurso impetrado por Íria Alves Ferreira e Alexandre Silva, como mandantes, e outros, como réus, foi relatado por Elyseu Guilherme. Votaram a favor os srs. Elyseu Guilherme e Pinto Toledo, e contra, o sr. Campos Ferreira que, no voto vencido, negou provimento ao recurso, mantendo a pronúncia sob indícios veementes de culpabilidade dos recorrentes. Após o pedido de alvará de soltura, os requerentes são postos em liberdade.

No dia 10 de novembro de 1920, o jornal carioca *Correio da Manhã*, comentando a absolvição, diz: "O Crime de Cravinhos está destinado a ficar para sempre envolvido na fascinação de um mistério. Antes de julgar mal o tribunal tratemos de concordar com ele a fim de que não surjam duas ideias repugnantes: a de uma mulher que assassina aos setenta anos e a de um tribunal que se deixa subornar".

Dona Íria não viveria muito para gozar da absolvição: morre de morte natural, pouco tempo depois. Sobre ela fala Arturo Carrari, um dos produtores do filme *O Crime de Cravinhos*: "Ela dizia 'eu juro por Nossa Senhora que nunca matei ninguém', é claro que não matou, mandou matar, como fazem todos os fazendeiros".

TUDO ENCERRADO

São Paulo não pode parar, os anos passam e o crime de Cravinhos, com sua vítima ainda desconhecida, seus principais personagens mortos e enterrados, deixa de interessar à cidade que mais cresce no mundo. Havia outras coisas mais importantes a preocupar os paulistas: os preços do café, as agitações operárias, a situação política que começava a ferver em todo o Brasil nos anos 1920, a revolta dos 18 do Forte de Copacabana, a crise internacional que faz o custo de vida duplicar entre 1921 e 1923. Até os artistas, sempre bem-comportados, contribuem para a agitação geral e acontece a Semana de Arte Moderna, em 1922. Decididamente, o crime de Cravinhos parecia definitivamente sepultado, quando, em junho de 1923, acontece na cidade de São Paulo um crime seguido de suicídio.

Era o dia 25 de junho, aniversário de Nenê Romano. Já de algum tempo, Nenê Romano se tornara amante de Moacyr Piza, um dos advogados de dona Íria no crime de Cravinhos. Os amantes haviam rompido relações cerca de uma semana antes, porém Moacyr Piza continuava a seguir sua ex-amante.

Bela ainda, na festa de seus 29 anos, Nenê Romano chega à sua casa, por volta das dez da noite. Pouco depois, um portador toca a campainha e entrega a Nenê uma caixa com lindo presente e um bilhete de Moacyr Piza pedindo reatamento do romance. O presente e o bilhete são devolvidos sem abrir. Dali a instantes um carro de praça para em frente à casa e Nenê Romano embarca. Moacyr Piza, que estivera atrás de uma árvore a observar a entrega e recusa de seu presente, toma a frente do veículo, fazendo-o parar, e embarca em seu interior. O carro segue em direção ao bairro de Higienópolis. Durante todo o trajeto, o chofer escuta violenta discussão entre a dama e o cavalheiro. Quando o veículo entra na avenida Angélica, o chofer escuta um tiro. Para imediatamente e abre a porta de trás. Vê Nenê Romano caída ensanguentada nas almofadas e Moacyr Piza, já de pé fora do carro, atirando diversas vezes contra ela. O chofer tenta subjugá-lo, mas Moacyr Piza rapidamente volta a arma contra seu próprio ouvido e atira. Nenê Romano dura ainda alguns instantes. Moacyr Piza morre ao chegar ao hospital.

O impacto causado pela tragédia faz reviver o crime de Cravinhos. Entre os boatos que correm e chegam até os jornais, há um que diz que Moacyr Piza confiara à sua amante vários segredos e que ela estaria ameaçando denunciá-lo – segredos que se relacionavam com o crime de Cravinhos. Talvez um dia o mistério seja levantado, e nesse dia então poderemos ver com toda a clareza qual a realidade que gerou aqueles trágicos acontecimentos. Certamente, então, eles perderão todo o interesse para nós.

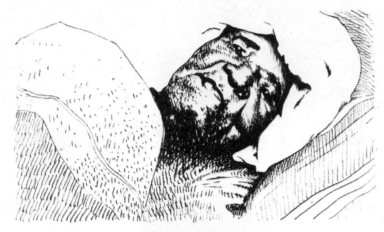

AÍ VEM O FEBRÔNIO

DCVXVI
OUTUBRO 1926

Perto do sopé do Pão de Açúcar, no Rio de Janeiro, um homem nu zonzeia pelas ruas. É mulato bem escuro, tem cerca de trinta de idade, complexão forte, pele fina e elástica. O corpo pelado tem apenas escassos pelos púbicos. No peito, tem tatuado EIS O FILHO DA LUZ; e mais abaixo DCVXVI em grandes letras vermelhas, numa altura que vai do umbigo aos mamilos. A inscrição começa no lado direito das costas e dá a volta no corpo todo, a primeira letra emendada com a última. Só é possível vê-la em sua totalidade se o tatuado levantar os braços e girar o corpo.

Em confronto com sua desgrenhada cabeleira e largas sobrancelhas, que quase se unem acima do achatado nariz grosso, ele tem poucos fios de barba. Formas arredondadas, carne adiposa, mais um corpo de mulher ou de eunuco do que de homem. Seus órgãos genitais são de tamanho normal. Os dentes estão bastante cariados: o que é muito repugnante num negro, tornando sua boca irremediavelmente murcha, obscena. Como um eunuco, sua bacia é larga, as nádegas arredondadas, as mamilas crescidas.

Nenhum homem de cor anda impunemente pelas ruas do Rio de Janeiro; chamada por moradores, a polícia leva o mulato e entrega-o ao Pavilhão de Observações do Hospital de Alienados. Ali é identificado como Febrônio Índio do Brasil; no livro de registro, consta: Encontrado completamente despido, explica que, sem dinheiro, sem moradia e sem destino, procura descansar o corpo. Como os filósofos antigos, estava em altas cogitações, que constituirão seu livro *Revelações do Príncipe do Povo*.

REVELAÇÕES

Febrônio Índio do Brasil entra numa tipografia na rua São Pedro, trazendo empacotado em jornal o manuscrito de seu livro. São diversas folhas de vários papéis com garranchos a lápis e à tinta.

Tempos mais tarde, quando interrogado pela polícia, o impressor afirma: Fiz-lhe ver que não podia aceitar um manuscrito apresentado em tão deplorável estado, e o negro voltou dias depois com uma cópia datilografada.

Numa portinha na rua do Carmo, uma mesinha, folhas de papel em branco, a negra máquina de escrever; o datilógrafo de aluguel toma o ditado de Febrônio:

Eis aqui, meu Santo
Tabernáculo-vivente
hoje dedicado a vós
os encantos que legaste
hontem a mim na Fortaleza
do meu Fiel Diadema Excelso

Datilografada a introdução, Febrônio manda bater a dedicatória:

Ao Altíssimo Deus Vivo

Mesmo depois que me entregou os originais datilografados, a impressão das elucubrações foi ainda mais retardada porque o negro não tinha um tostão. Ele voltou mais vezes trazendo adiantamentos, até completar 800 mil réis, preço combinado da edição. Depois disso o negro voltou diversas vezes, em épocas diferentes, levando exemplares de sua brochura, que pagava à vista.

Na Colônia Correcional da Ilha Grande, Manduca, o moedeiro falso, ganha alguns trocados fazendo tatuagens. Terminou a inscrição EIS O FILHO DA LUZ no peito de Febrônio e já prepara seu material para nova tatuagem: a agulha, a linha, a graxa, a tinta vermelha. Como num bordado, a agulha ao penetrar por baixo da pele embebida em graxa e tinta vermelha deixará o desenho marcado. Aquelas letras bem grandes — DCVXVI — vão dar trabalho, talvez alguns dias. Não importa, tempo é o que não falta na prisão: "Que significam essas letras, senhor Febrônio?".

O PRIMEIRO SONHO DE FEBRÔNIO
Em lugar ermo, vi aparecer uma moça muito branca de longos cabelos loiros que me disse que Deus não estava morto e que eu teria a missão de anunciar isto a todo o mundo. Deveria, nesse propósito, escrever um livro e tatuar meninos com as letras DCVXVI, símbolo que significa: Deus vivo ainda que com o emprego da força.

O PÃO DE AÇÚCAR
O sonho com a moça loira não é como os outros de Febrônio, que trazem a ejaculação noturna e mancham a ceroula e as coxas com o cheiro adocicado de esperma. O sonho com a moça loira é revelador e inquietante: Febrônio caminha no rumo por ele determinado em direção ao Pão de Açúcar. Íngreme escalada solitária, na quase intransponível mata cerrada ou muro de lisa rocha úmida. Impossível se firmar na lisura da pedra calçando sapatos; a roupa foi ficando para trás, espinhos com pedaços da camisa, colete e calças, outras peças atiradas no mar lá embaixo, por vontade própria

ou do sonho. Enfim Febrônio chega àquela parte do Pão de Açúcar entre as duas corcovas. O único som é o do vento com cheiro de mar, e algum ruído mais forte desgarrado da cidade, que ali chega fraco e sem definição.

Lá nas alturas de sol, névoa, lua e vento, Febrônio passa sabe-se lá quantos dias e noites povoados de visões:

[Desenho de Febrônio]

Então vi um dragão, um monstro enorme com uma cabeçona com bico comprido, todo coberto de pelos vermelhos que nem fogo. No começo o dragão procurou me conquistar, me tentando, me oferecendo dinheiro, tesouros, glórias, altas posições se eu abandonasse a missão que me foi dada e não escrevesse o livro. Depois, em vista da minha firme negativa, o dragão começou a me ameaçar dizendo que já matara Jesus Cristo e João Batista e que ia me matar também. Avançou em cima de mim, dizendo que ia me matar e me comer. Me levantou como uma pena, me jogou no chão, pulou em cima de mim, me amassou, quebrou todos meus ossos, me reduziu a uma papa ensanguentada. Eu só gritava: "Se quer me matar, me mata duma vez".

O sonho se repete por várias noites e, pela manhã, Febrônio acorda cansado, triste, ensimesmado, com o corpo moído pela "lucta contra fortes bestas e vis dragões que almejam subir do abysmo à terra e seus habitantes destruir". O sol forte nos altos do Pão de Açúcar vem aquecer seu sexo túrgido.

O Anjo das Trevas se encarna num cão negro e trava combate com Febrônio, marcas de dentadas vêm se juntar aos cortes que os espinhos da mata fizeram em seu corpo nu. Outras vezes o cão toma a forma de um bode negro.

Há um terceiro sonho, em que a Moça Loira manda Febrônio arranjar uma espada para lutar contra o Dragão, *porém, antes de sair vencedor, eu deveria escolher dez meninos e tatuá-los com as letras simbólicas* DCVXVI. *Se eu fizesse isso, poderia não só matar o Dragão, mas também dominar o mundo: diminuir a luz do Sol e fazer chover.*

Depois deste terceiro sonho, Febrônio desce o morro, o corpo nu com as marcas dos combates noturnos, *o sangue batalhado triunfou*, cheiro de mata e esperma. Vai em busca da cidade — Armagedon — onde travará a batalha final contra *Lúcifer, o Gênio do Mal: figura que tem tatuada na coxa a representação dos atos de pederastia com crianças que dele tentam fugir.*

A VOZ DO POVO

"É, fica andando por aí na rua, fora de hora, pra ver o que te acontece: o Febrônio te agarra, te enraba e te mata!" "Ele tinha um livro de magia. Com ele fazia encantamentos nos meninos que ficavam assim como hipnotizados e se entregavam às suas sanhas malditas."

"Ele tem um pau tão grosso quanto meu braço. Tão grande que ele tem de usar calça bem comprida, senão fica aparecendo a cabeçona vermelha pela barra lá embaixo."

PRISÃO

Nenhum negro ou mulato anda impune pelas ruas do Rio de Janeiro. A polícia encaminha para o Hospital dos Alienados, a folha corrida de Febrônio Índio do Brasil, que registra 37 prisões por vadiagem, roubo e chantagem. Tem nove processos nas costas, com oito entradas na Casa de Detenção e três condenações, duas por vadiagem e uma por roubo: Bateu na porta de uma hospedaria e pediu ao dono para ir à privada; entrando na casa foi direto arrombar uma gaveta onde estava o dinheiro. Surpreendido, saiu correndo, sendo perseguido e preso em flagrante delito.

DR. FEBRÔNIO ÍNDIO DO BRASIL

Febrônio arvora-se em médico, advogado, e no que lhe der na cabeça, preferencialmente dentista. Monta consultório, coloca anúncios em jornal, imprime cartões de visita e começam a chegar clientes. Nunca arranca um só dente de cada pessoa, sempre vários de cada vez, o quanto o cliente aguentar: *Em geral, os dentes que ficam perto daquele que se arrancam sofrem grande abalo, razão pela qual eu gosto de tirar logo muitos de uma só vez.*

    É dado a experiências "científicas" em sua falsa "profissão" de dentista: a água começa a ferver *glub! glub! glub!* os cabelos ficam em pé balançando dentro da água borbulhante. Bolhinhas de ar se desprendem do cinza couro cabeludo subindo rentes aos fios de cabelo. Primeiro uma, depois duas, três, centenas de bolhas de ar fogem pelas narinas como se a cabeça agitada com a fervura estivesse viva respirando debaixo da água fervente fervendo fervor. Expulsos das órbitas, os olhos dançam no fervor da panela.

Apesar da argumentação de que estava fazendo estudos de anatomia necessários à sua profissão de dentista, Febrônio não consegue explicar satisfatoriamente onde arranjou a cabeça humana que cozinhava numa panela. O "comprei num cemitério" não convence a polícia e ele mais uma vez vai para a Casa de Detenção.

VIDA EM FAMÍLIA

A polícia transfere Febrônio para o hospício e ninguém vem procurá-lo, nem amigos, nem a família. Como é norma, antes de chegarem ao diagnóstico de estado atípico de degeneração, os médicos de loucos esmiúçam a infância e a vida familiar do paciente: Nasceu Febrônio Índio do Brasil em São Miguel do Jequitinhonha, na miserável Zona da Mata, em Minas Gerais. É o terceiro dos 25 filhos gerados por sua mãe. O pai era magarefe **mãos penetrando nas entranhas quentes vermelhas, tênue vapor se forma quando o ar sai do interior do corpo quente e se encontra com a friagem do dia** Theodorão de apelido, homem de gênio violento que espancava constantemente a mulher e os filhos.

Febrônio ajudava o pai no corte e venda de carne. Aos 12 anos foge de casa acompanhando um caixeiro-viajante; perambula com ele pelo interior até chegar sozinho ao Rio de Janeiro, dois anos depois. Na então capital do país, começa a trabalhar de engraxate e tem sua primeira prisão por vadiagem. Aos 14 anos teria acontecido sua primeira relação sexual: cuspir na mão torna a punheta mais saborosa.

Dorme onde pode, quando tem dinheiro procura pensões ou hospedarias. A sala enorme sem divisões e sem janelas, uns dormem sobre esteiras, outros na trouxa de suas próprias roupas ou sobre o frio chão cheio de baratas. Alguns vestidos, quase todos nus de calor — homens, mulheres e crianças, sexos iguais. Roncos, gemidos, peidos, tosses noturnas, falas de sonhos maus. Fedor de sujeira, feridas, suor, vômito, mijo e cocô de ratos e gente. Mesmo ali, Febrônio sonhava sonhos eróticos: "a masturbação é um exercício que deve ser praticado com regularidade". Os corpos no chão uns contra os outros, ou a favor. Mãos que tateiam no negror da sala em busca de carne ou do capital: vinténs costurados nas roupas.

Data de então a sua primeira carta para a família. É endereçada para sua mãe e leva dentro uma nota de 50 mil réis e o recado em garranchos:

Mae
agora sou
medico e doutor

A ESPADA

Febrônio correndo pelas ruas brandindo uma velha espada enferrujada, os transeuntes param e olham assustados. Da loja de penhores, sai um homem gritando: "Pega ladrão!".

A espada foi empenhada por um veterano da Guerra do Paraguai, que nunca mais veio buscar. Já longe, Febrônio diminui o passo e baixa a guarda. Numa esquina o menino Jacob Edelman o está esperando. Febrônio mostra: "Olha a espada que comprei!". Quando Febrônio conseguiu fugir do hospício, carregou com ele o menor Jacob Edelman e 125 mil-réis, que roubou arrombando uma gaveta na secretaria.

Agora Febrônio, Jacob e a espada estão caminhando pelas areias da raia da Cruz, em Mangaratiba, no litoral fluminense: *Eis a caridade de um ato supremo, quando o Santo-Tabernáculo--Vivo do Oriente trouxe entre os vivos de uma tribo o Menino-Vivo do Oriente...*

Talvez o gosto de Febrônio pelo mar tenha vindo das duas vezes em que esteve preso na Colônia Correcional da Ilha Grande. Na primeira era quase um menino *herdeiro de uma trombeta que scientifica, tocando sem descanso dia e noite, a existência de seu companheiro eterno vindo do sol nascente... adejou a voz bendita dentro do Tabernáculo do Testemunho que há no Céu dizendo: ...és a expressão mais pura de nobreza na designação virtuosa de um mistéryo divino.*

Urubus bicam peixes mortos que a maré trouxe às areias da praia de Santa Cruz, lugar ermo e ventoso. Febrônio *eis o poder de seu dedo valente* manda Jacob deitar-se na areia e, com a espada, tatua em seu peito as letras DCVXVI — *profetizam com letras de fogo, dizendo: é vindo do nascente o Príncipe do Fogo da magia Oriente, neste laço delicioso de forte carinho alegrado.* Na areia limpa o sangue da ponta da espada. Naquela primeira noite, ameaçando Jacob com sua espada em riste, Febrônio praticou com ele atos de pederastia.

Ficam alguns dias por ali, dormem os dois numa esteira, num rancho abandonado. Febrônio dorme empunhando sua espada e o sonho vem: *O Dragão se transformou num boi de longos chifres que, logo que me vê, procura me alcançar e me matar. Quando o avisto, trato de subir numa árvore. Sinto que a árvore sobe quando ele se aproxima e desce quando ele se afasta, sobe e desce, sobe e desce, sobe e desce...*

EXORCISMO

Na manhã seguinte, rasga 11 pedaços da camisa de Jacob, laceia-os num cacho de bananas e atira tudo ao mar: *Não posso lutar contigo, Lúcifer, a minha espécie é fraca, mais eis que vem ao meu encontro o Exército da Luz, Eu, Febrônio não te dou glória porque sou alma de ladrão.*

No dia da volta para o Rio de Janeiro, antes de saírem, Febrônio cava um buraco no chão e enterra 11 pedaços de cana e 11 pedaços da camisa de Jacob; cobre tudo com areia e coloca uma cruz feita com dois paus: *Se alguém vier me perseguir, quando pisar no buraco, esquece a perseguição, pois vai se lembrar da família.*

TATUAGEM

Já no Rio de Janeiro, Febrônio conhece, num trem de subúrbio, o menor de nome Álvaro, desempregado, analfabeto, filho de L.F. Febrônio puxa conversa e, dizendo-se negociante no Mercado Municipal, promete arranjar-lhe emprego. Descendo do trem, seguem para a Tijuca; Febrônio explica que morava lá e precisava apanhar umas coisas em casa, antes de irem ao Mercado. Saltam do bonde, seguindo por um caminho no meio do mato; longe das casas, Febrônio quer tatuar o peito do menor. Ingênuo, Álvaro consente em ter marcado as letras DCVXVI com uma faca.

Após a tatuagem, Febrônio quer possuí-lo. O menor tenta reagir, Febrônio fica enfurecido e ameaça matá-lo, chegando a esfaqueá-lo no braço. Com medo, o menor consente. Febrônio deixa Álvaro chorando, sangrando em dois lugares, no ferimento da faca e no outro.

A VOZ DO POVO

"Degenerado amoral, criminoso reincidente, estrangulador de menores. Matou não sei quantos!"

"Queria violentar tudo que era rapaz que via. Aqui mesmo no xadrez, na minha vista e dos outros que estavam na cela, quis agarrar um preso que tentou resistir. Pra quê?! Ele bateu tanto e tanto e ainda ficou pulando em cima da barriga do coitado, que no outro dia amanheceu morto."

"Me contaram que na Colônia Correcional tinha um que tava com uma ferida na perna. Febrônio disse que ia curar, pegou dum serrote e serrou a perna do infeliz, e ainda disse que tava tudo bem, que o homem tava curado."

O ANJO DA GUARDA

Febrônio paga ao editor e pega mais alguns exemplares de *As Revelações do Príncipe do Fogo*. Entregando o pacote com os livros, o editor fala: "Li seu livrinho, senhor Febrônio, mas não consegui entender muita coisa. Acho que está acima da minha compreensão". Respondeu Febrônio: "É mesmo uma embrulhada, mas vocês entenderão tudo quando virem Jesus Cristo vivo e nu caminhando aí pela avenida".

É um livro de pequeno formato, tem 67 páginas impressas de um só lado. Na primeira página está estampada a conhecida quadro do Anjo da Guarda protegendo uma criança na travessia de uma ponte sobre o abismo.

A ESTRADA DA MATA

No dia 13 de agosto de 1927, bem-vestido de terno, gravata e chapéu palheta, Febrônio vaga sem destino na estrada então de terra e quase deserta que liga Jacarepaguá à Várzea da Tijuca. Tal como os filósofos antigos, passeia pensando. Olha as matas ao seu redor, passa a mão na tatuagem de seu peito EIS O FILHO DA LUZ, e tenta lembrar o que escreveu em seu livro: *ELE buscou entre os homens mais infelizes, o menino insignificante, mas de valor tão precioso. Menino de magias antigas: qual o ente encarnado ou o mistério igrejado que a ti ensinou a profetizar a vida pela voz da morte*

¿

Continuando seu passeio de pensamentos, num local chamado Marimbeiros, encontra um adolescente, Alamiro, brincando perto de sua casa. Puxa conversa e fica sabendo que Alamiro está desempregado. Febrônio então apresenta-se como chofer da linha de ônibus que serve aquele distante subúrbio e diz estar, justamente, à procura de alguém para trabalhar na empresa. Insinua-se junto aos familiares de Alamiro e é convidado para o jantar, depois propõe um ordenado de 300 mil-réis ao menor — um dinheirão na época — e o induz a acompanhá-lo até a empresa de ônibus.

Como já era tarde e prevendo a volta do menino altas horas da noite, o pai de Alamiro argumentou que seria melhor deixar para o dia seguinte, domingo. Febrônio insistiu alegando que Alamiro devia assinar uns papéis para poder começar a trabalhar na segunda-feira, conseguindo convencer a todos.

Febrônio e Alamiro caminham pela estrada da Tijuca, na direção da empresa de ônibus. Iluminados pelo luar, já longe da casa do menor, chegam em frente à ilha do Ribeiro, na lagoa de Jacarepaguá, ilhota coberta de mato, fácil de se chegar a vau. *A revelação mandou-me, fui à ilha indicada que era aquela que tinha uma ponta de terra.*

Sob o pretexto de ser noite alta, Febrônio convence Alamiro a dormirem ali mesmo, e no dia seguinte retomarem o rumo. Cobrindo o chão com folhas secas, prepara um local para se deitarem. Tira a roupa e induz o menor a fazer o mesmo. *Depois a ordem foi para o sacrifício.* Nus os dois, Febrônio manda o outro se deitar. Alamiro percebe suas verdadeiras intenções, resiste e entram em luta. O menor, apesar de forte, tem as pernas cobertas de feridas, e Febrônio é mais ágil. Na escuridão da noite, uma longa luta entre os dois naquela ilha solitária, onde os gritos de batalha se perdem dentro da mata. Febrônio consegue segurar Alamiro por trás e, enlaçando seu pescoço com um cipó, mata-o por asfixia. *Eis o estrondo leal de um amor perfeito, o Santo-Tabernáculo-Vivo do Oriente ordenou a coroação do menino-vivo do Oriente.*

Como num ritual: Febrônio cobre o corpo nu de Alamiro, jogando por cima uma calça, um paletó e uma cueca, deixando descobertos apenas os braços e os pés. Assim foi encontrado no dia seguinte por um pescador. Informado da morte do filho, o pai de Alamiro alerta a polícia sobre Febrônio e começam as diligências de sua procura.

A VOZ DO POVO

"Matava os meninos e enterrava no mato. De noite, voltava lá, desenterrava e se servia. Fazia isso toda noite, satisfazendo seus instintos bestiais até que o cadáver fica muito apodrecido, não servia mais para nada. Aí ia atrás de outra vítima."

JOÃO JOÃOZINHO

No dia 29 de agosto de 1927, Febrônio vaga sem destino; no local denominado Ponta do Caju encontra o menino João Ferreira na porta de casa. *Antes de eu sair vencedor, deveria escolher dez meninos e tatuá-los com as letras simbólicas DCVXVI.* Começa desde logo a conversar, oferecendo para agradá-lo uns doces que trazia e prometendo-lhe um emprego de copeiro em casa de família. Aparecendo nessa hora, a mãe de Joãozinho argumentou ser ele muito criança para trabalhar longe de casa. Com habilidade, Febrônio vence a resistência da mãe do menino, que termina por recomendar que, antes de qualquer decisão, obtivessem o consentimento de seu marido, negociante na praia do Retiro Saudoso, bem perto dali.

Chegando com Joãozinho ao trabalho do pai, Febrônio dá a notícia do emprego como se a mãe tivesse autorizado e estivessem ali apenas para avisar de que agora o menino iria trabalhar numa casa de família, cujo endereço inventa na hora.

Seguem para o parque da Quinta da Boa Vista; nas matas, perto do Largo do França, Febrônio tira a camisa de Joãozinho, desabotoando lentamente um a um os botões, e tatua em vermelho no seu peito DCVXVI. Para obter o consentimento do menor, promete dar-lhe roupas novas.

O pai de Joãozinho chega em casa e indaga a mulher sobre o negócio do emprego. Ela desmente que tenha dado consentimento. Percebendo algo errado e prevendo o pior, o marido imediatamente procura a polícia. Mostram-lhe vários retratos de criminosos, e ele reconhece na fotografia de Febrônio o indivíduo que levara seu filho.

Terminada a tatuagem, Febrônio e Joãozinho seguem de bonde até a estrada da Tijuca e caminham a pé até a ilha do Ribeiro, aonde chegam com a noite já alta. Numa grande pedra oblonga perto do lugar em que dias antes estrangulara Alamiro, Febrônio começa a desabotoar novamente a camisa de Joãozinho. À medida que desabotoa, acaricia as carnes do menino *grão ímã da ingênua vontade perfeita habita no encanto juvenil da tua humilde inocência, ó nato infinito do gorjeio primeiro, acate os murmúrios de saudades na nova do destino; eis aqui, ó Santuário do Tabernáculo do Testemunho que há no Céu.*

Percebendo as más intenções, Joãozinho tenta escapar. Febrônio agarra-o pelo pescoço e vai apertando, enquanto puxa a cabeça do menor para bem junto da sua. Quando abre as mãos, o corpo do menino sem vida vai escorregando lento colado ao corpo de Febrônio, até cair em seus pés: *Antes de teus meigos lábios fechar, já está executado, ouve-me, meu mimoso Filho, tu és a flor espontânea do meu formidável encanto, guarda o Fiel Diadema Excelso no teu genial coração; enche o mundo o dia em que vi, o único Espírito Divino encarnado, tu és a justa obra infantil em gratidão divina, todas as maravilhas que vivem e existem, pobre gênio foram criadas na tua Santa vontade. Meu filho és o mystério que beija todos os encantos.*

Febrônio despe o menino morto, faz uma trouxa com suas roupas e joga bem longe no mato. A polícia vai encontrar o cadáver de Joãozinho servindo de pasto para os urubus: um esqueleto, apenas do cotovelo às mãos e do joelho aos pés existe alguma carne podre.

PRISÃO

Dias depois, Febrônio é preso, acusado das mortes dos menores Alamiro J. Riberio e João Ferreira. Confessa a autoria dos crimes: *Me chamam de bandido e assassino! Os senhores não sabem o que é o poder de um planeta. Um planeta menos importante como Mercúrio, por exemplo, determina seus desígnios e eles têm que ser cumpridos. O que fiz foi sob as ordens das revelações. Não pensem que matei pelo simples prazer de matar. Um homem vai lá sair de suas comodidades para expor a vida como fui numa ilha deserta?*

O inquérito policial levanta vários outros casos que, no entanto, não culminaram com a morte de menores, os quais Febrônio apenas seduziu, atraindo a lugares ermos; e alguns marcou com tatuagens e violentou. Perguntado da razão de tatuar suas vítimas, o acusado responde que visava defender esses meninos do mal, conferindo-lhes o Ímã da Vida. Mais tarde, já internado no hospício, Febrônio se defende: *É perseguição que me movem, confessei os crimes na polícia para fugir dos sofrimentos e martírios que me esperavam se eu não confessasse.*

GRANDE SADISTA

Os crimes alcançaram grande repercussão. Diariamente, saíam pela imprensa barbaridades falsas ou verdadeiras atribuídas a Febrônio; alguns jornais contam às centenas o número de vítimas dele. Quando José Maria, pai do menor João Ferreira, tenta matar Febrônio na delegacia, mas é desarmado por policiais, muita gente acha que a polícia devia ter deixado o pai da vítima justiçar o assassino. A polícia recolhe a edição de *As Revelações do Príncipe do Fogo* e queima todos os exemplares.

Pelos crimes que lhe atribuem, Febrônio é comparado a Gilles de Rais, Marquês de Sade e Jack, o Estripador. É examinado por Leonídio Ribeiro, figurão da medicina legal, que o classifica como "um caso de grande sadismo". Heitor Carrilho, um dos papas da psiquiatria brasileira da época, confirma-o como "psicopata constitucional, portador de desvios éticos revestindo a forma de loucura moral". Já o psiquiatra polonês Maurício Urstein, que examina Febrônio em 1930, discorda: acha que ele "não deve ser classificado no grupo dos loucos morais, ou de afecções degenerativas, mas na classe da catatonia, psicose adquirida que destrói progressivamente a personalidade psíquica e afetiva do indivíduo".

VISITAS

Considerado de alta periculosidade e irrecuperável, Febrônio é confinado no manicômio, só saindo dali para a solitária da Casa de Detenção, enquanto aguarda julgamento. É lá que vai visitá-lo, em 1928, o escritor francês Blaise Cendrars, quando de uma de suas vindas ao Brasil. Dizendo ter conversado com Febrônio durante uma hora, Cendrars publica na França um artigo sobre o Príncipe do Fogo, que é uma curiosa mistura do que saíra sobre o caso nos jornais cariocas com as cativantes fantasias do escritor.

Em 1972, quando da realização do filme *Acaba de Chegar ao Brasil o Bello Poeta Francez Blaise Cendrars*, o cineasta Carlos Augusto Calil consegue permissão para entrevistar Febrônio no Manicômio Judiciário Heitor Carrilho, no Rio de Janeiro, onde se achava internado havia 45 anos.

Febrônio não é mais o jovem da época dos crimes, tem agora a expressão indiferente e assexuada daqueles que vivem há muito tempo num hospício ou penitenciária. Desdentado, o ventre caído, estufado, os gestos lentos e a pele amarelada daqueles que circulam sempre pelos mesmos corredores, pátios e celas. A tatuagem EIS O FILHO DA LUZ desapareceu, mas as letras DCVXVI esmaecidas ainda resistem ao demorado passar do tempo. Calil é recebido com indiferença por Febrônio, de quem não consegue arrancar mais de meia dúzia de palavras vagas. Não consegue permissão para filmá-lo.

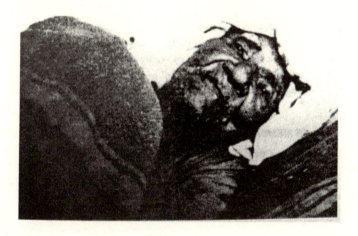

NOTA DE FALECIMENTO

Em 27 de agosto de 1984, Febrônio Índio do Brasil morre de enfisema pulmonar e miocardioesclerose, no Hospital Central do Complexo Penitenciário do Rio de Janeiro. Tinha 89 anos, os últimos 57 encarcerados no Manicômio Judiciário, onde tinha a ficha nº 00001. Era o preso mais antigo do Brasil. Descanse em paz.

IN MEMORIAM

Hoje a vida e os crimes de Febrônio estão esquecidos, ninguém se importa em saber se ele vive ou apodrece numa cela de hospício. O mote de advertência "Aí vem o Febrônio", que muita mãe usou durante anos para tirar seus filhos da rua, já não assusta mais. Quem hoje quer saber em que inferno ou paraíso se encontra agora Febrônio Índio do Brasil, o Príncipe do Fogo?

Qual o maior poder: ELE, Lúcifer, ou a Luz? Resposta: Devo ser verdadeiro, apesar de ser uma de suas inúmeras vítimas.

No distante novembro de 1908, acontece o primeiro "Crime da Mala" de que se tem notícia no Brasil: um jovem imigrante sírio, Miguel Trad, por motivos ainda não esclarecidos, mata seu patrão e protetor Elias Farhat. Coloca o cadáver numa mala e embarca com ela num navio, esperando jogá-la no mar, livrando-se da prova do delito. Marinheiros estranham o mau cheiro, arrombam a mala e Miguel Trad é preso e entregue à polícia, que o espera no porto do Rio de Janeiro. A viúva do morto também é presa por cumplicidade, mas é inocentada, e Miguel Trad vai a julgamento sozinho, pegando a pena máxima. O caso teve grande repercussão na época e vai inspirar três filmes brasileiros de 1910: *A Mala Misteriosa*, de Paulino Botelho; *A Mala Sinistra*, de Marc Ferrez e *A Mala Sinistra*, de José Labanca.

Vinte anos mais tarde, também em São Paulo, acontece outro crime de morte em que o assassino procura ocultar o cadáver numa mala: José Pistone mata sua mulher, Maria Féa. Tal como no primeiro, este também ganha enorme repercussão, tanto que, pouco mais de uma semana depois do acontecido, os cinemas paulistas atraem multidões com o filme *O Crime da Mala*, dirigido por Francisco Madrigano. Dias depois, outro cineasta, Antônio Tibiriçá, lança seu filme, também relatando o crime de Pistone. São dois crimes da mala, então, que este livro focaliza nesta série de crimes que abalaram o Brasil.

*Caríssimos Mamãe e irmãos,
...José é muito bom e creiam que nos
amamos sempre, como no dia de nosso
casamento e cada vez mais...*

Maria

*São Paulo
3 de setembro de 1928*

Em 6 de outubro de 1928, José Pistone toma providências: faz dois dias que matou sua mulher, Maria Féa; agora procura livrar-se do cadáver que já cheira mal — desde o dia 4 se encontra na cama do casal. Os dois dias marcaram com a rigidez da morte o frágil e belo corpo de Maria Féa. O cheiro da morta tomou as quatro peças do apartamento e já procura os corredores do pequeno prédio da rua Conceição nº 34, hoje rua Cásper Líbero, em São Paulo.

Louco de espanto e dor, porque não a apertei com minhas mãos mais que um minuto, deitei minha Mariuccia sobre o leito, cobrindo-a primeiro de beijos, depois com um finíssimo lençol que ela mesma havia bordado. Passei toda a noite com sua loira cabecinha entre meus braços. Para não despertar suspeitas à zeladora do prédio, apaguei a luz elétrica e, entre lágrimas e dor, na obscuridade do quarto, adormeci abraçado com Mariuccia. Meu sono pouco durou, despertei com pavor: me parecia ver, na escuridão do quarto, fantasmas que espreitavam. O relógio da Estação da Luz batia as duas horas.

José Pistone, um homem de trinta e um anos, já tomou algumas providências: comprou uma grande mala e alguns metros de corda numa loja da avenida São João. Agora, na tarde de 6 de outubro, levanta-se lento da cadeira onde estivera a meditar, olha fixo no retrato de Mussolini na parede e arrasta a pesada mala até o quarto. A camisola de seda serve de branca mortalha para Maria Féa. É somente no momento em que segura o corpo para colocá--lo na mala que Pistone nota o monograma bordado na camisola. Com uma tesourinha de unhas recorta a letra bordada e joga na privada: é preciso dificultar a identidade do cadáver quando for achado. Debruçado para cortar fora o monograma, Pistone sente mais forte o cheiro da morta. Procura na penteadeira de sua mulher e traz duas caixinhas de pó de arroz, uma pela metade e outra ainda cheia, selada. Empoa cuidadosamente o cadáver: primeiramente o rosto, da testa até o queixo; o pescoço, o colo e os seios; uma pequena barriguinha começa a se formar no corpo jovem de Maria Féa; o sexo, tornando mais brancos os loiros pelos púbicos; as coxas, as pernas e os pés. Apoiando-a em seus braços senta-a na cama e vê aquela branca imagem refletida no espelho da penteadeira. Soergue a mulher morta e vai soltá-la no fundo da mala. Mesmo dobrado, o corpo não entra, Pistone empurra forte e escuta o *cleque* do pescoço quebrando. Mesmo assim, as pernas pendem para fora, não há jeito de caberem na mala. Do armarinho do banheiro o criminoso traz sua navalha de barbear; se arrepende, leva de volta e vai procurar a outra, a velha, sem serventia. Vai encontrá-la numa caixinha, no armarinho da pia da cozinha. É uma navalha cheia de dentes, quase imprópria para o barbear; com ela corta fora as pernas de sua esposa. A rigidez cadavérica impede que o sangue se espalhe. Agora o corpo está todo na mala.

    Com o socar, muito pó de arroz se desprendeu: com o que resta da caixa, Pistone retoca delicadamente o rosto da morta. Coloca então as duas caixinhas vazias sobre a barriguinha do cadáver.

Nos lados do corpo sobrou um vazio que é preenchido com peças de roupa; e o sino da igreja de Santa Efigênia ali perto toca as ave-marias. Pistone pego o livro de orações e arranca duas páginas a esmo. Uma:

ESTAÇÃO

Nesta Estação se considera
Jesus que é ajudado pelo Cirineu a carregar a cruz.
Adoramos-Te etc... *Quia per sanctum etc...*
Confundo-me, oh Jesus, quando penso na repugnância mostrada pelo Cirineu, ao ajudar-Te a carregar a cruz, Peço-Te perdão pela pouca resignação com que eu tenho carregado até agora a mística cruz de penitente.
Pater, Ave, Gloria
Miserere nostri, Domine

A outra página tem uma figura representando Verônica no ato de enxugar a face de Cristo. Delicadamente, Pistone larga as duas páginas nos seios de sua mulher morta. Ainda sobra espaço na mala, o que pode fazer o cadáver jogar e se denunciar durante o transporte. Pistone calça o cadáver com toalhas, peças de roupa, panos de cozinha, almofadas, chapéu, sapatos e mesmo o irrigador íntimo de sua mulher: uma alongada seringa de borracha, como se usava naquele tempo.

O CASAMENTO

José Pistone é italiano de Canelli, filho de abastados fazendeiros. Com a morte do pai, recebe parte de sua herança e resolve fazer a América, embarca para Buenos Aires.

Eu conheci minha Mariuccia no ano de 1926, a bordo do *Giulio Cessara*. A Mariuccia me pareceu uma boa moça e me enamorei. Paguei a bordo 1.300 liras por um vestido para ela. Gastei 1.800 liras com sua transferência da terceira para a segunda classe onde eu estava e dei 200 liras à camareira para que tratasse bem dela. Quando o navio aportou no Rio de Janeiro, a caminho de Buenos Aires, contratei um automóvel por três horas, pagando 300 mil-réis, e fomos jantar no hotel mais elegante da cidade. Comprei muitas coisas para ela: só no Rio gastei 2.500 liras. Por ela eu teria dado minha própria vida se isto pudesse fazê-la feliz.

Chegados a Buenos Aires, Maria Féa apresenta Pistone a sua família como seu noivo. Depois de ficar algum tempo em Buenos Aires, Pistone vai morar em Mar del Plata, sem trabalhar vivendo de sua herança. Depois volta e pede Maria Féa em casamento.

No dia 29/02/1928, em Buenos Aires, nos casamos, não com o dinheiro do meu cunhado, José Féa, mas com dinheiro da minha herança, que minha mãe mandou da Itália, por ordem bancária.

Depois do casamento, Pistone leva sua esposa a Canelli, na Itália, sua terra natal, para conhecer sua mãe. Retornam a Buenos Aires e, depois de breve estada, viajam a São Paulo, onde se hospedam num bom hotel. Ainda restava algum dinheiro da herança recebida.

EM CASA TUDO BEM

Em São Paulo, o casal trava conhecimento com o italiano Francesco, também de Canelli, proprietário de uma importadora de vinhos da Itália. Dizendo ter ainda parte da herança para receber, Pistone promete investir no estabelecimento de Francesco e, com isso, consegue empregar-se lá. O casal muda-se do hotel para um apartamento no centro da cidade.

Moramos a dois passos donde José trabalha. É um belo apartamento com todas as comodidades, tem quarto, sala, cozinha e banheiro. Tem elevador, de forma que não preciso subir escadas. Mãe, compramos mobília toda nova, numa fábrica indicada pelo patrão de José, que também nos indicou o alojamento.

A vida do casal ia bem, pela manhã cedinho José saía para o trabalho, voltava nas horas das refeições e todas as noites os dois saíam para um pequeno passeio, ou para assistir a alguma companhia italiana que se apresentasse no Teatro Municipal, ali perto. Dir-se-ia um casal feliz.

Minha Mariuccia engordou, tem uma cor tão bonita que parece uma rosa; ela se fez uma bela mulher e nós nos queremos muito. Nada falta à minha Mariuccia: levo sempre para casa vinho branco, champanhe e, hoje, como recordação sua, querida sogra, bebemos uma garrafa à vossa saúde.

É bem certo que logo a senhora será avó. Quanto a José, nem lhe conto, ele nem sabe se quer um menino ou uma menina. A princípio parecia inclinar-se por um filho homem, mas quando vê uma menina, olha-a bem e exclama: "Mas uma menininha é também linda!".

A HERANÇA

Francesco, o patrão, começa a desconfiar daquela história de herança que não chegava nunca. Será que seu empregado estava mentindo e preparando alguma trapaça? Interroga-o:

— Senhor Pistone. Tenho tratado o senhor como um parente, um filho. Sabe bem da minha intenção de fazê-lo sócio do meu negócio, mas... a importância que estava para receber da Itália para aplicar na sociedade?

Pistone não pensa duas vezes para responder:

— Pois hoje mesmo recebi um telegrama da Itália, de minha mãe, avisando que enviou 150 mil liras pelo banco. O dinheiro deve chegar logo.

Comerciante há muito tempo, Francesco é homem desconfiado. Resolve procurar Maria sem a presença do marido. Sobe pelo elevador e toca a campainha do apartamento:

— *Signore Francesco, che piacere!*

— Vim aqui pelo telegrama.

— Telegrama?

— Aquele em que a mãe de seu marido confirma o envio do dinheiro.

Muito embaraçada, Maria responde que sim, que vira o telegrama, e se obriga a inventar uma desculpa qualquer para não mostrá-lo. Tão logo o patrão se retira, Maria Féa, em prantos, escreve à sua mãe:

Nestes últimos tempos tenho sabido de muita coisa incorreta que José tem feito... Também eu menti, dizendo saber do telegrama, foi um grande sacrifício, pois não sou habituada a mentir. Se assim o fiz foi para não deixar José mal e passar por mentiroso. Oh, mãe, por que não me ajuda Deus a fazê-lo mudar? O senhor Francesco perguntou-me também por que motivo José há dois dias não aparece no escritório.

Eu estava certa de que ele ia trabalhar, pois se levanta na hora habitual e sai de casa. Por onde anda ele esse tempo todo? O que está acontecendo com ele nesta cidade onde não conhecemos ninguém?

A carta tem a data de 30 de setembro de 1928 e nunca foi postada: quatro dias depois José Pistone mata Maria Féa, sua mulher. Mas antes disso o patrão, Francesco, cada vez mais desconfiado de que seu protegido estava tentando enganá-lo, volta a procurar Maria Féa a sós. Pressionada, Maria confessa que a história do telegrama era uma balela, que seu marido não tinha nenhuma herança para receber e estava mentindo para conseguir sociedade na firma, onde poderia arrancar algum dinheiro graúdo. Isso foi no dia 2 ou 3 de outubro. No dia 4 de outubro, às onze e meia da manhã, José Pistone sobe pelo elevador, entra no pequeno apartamento e mata sua mulher.

Maldito foi o dia 4 de outubro. Saí mais cedo do serviço e cheguei contente em casa com grande desejo de abraçar minha Mariuccia. Triste encontro: ao abrir a porta do quarto sai um indivíduo elegantemente vestido, dando-me um esbarrão, que quase me derruba, e desce correndo as escadas. Fiquei atônito, sem saber o que acontecia, vendo minha mulher na cama, quase nua, mal coberta por uma camisola de seda, gritando: "Sou inocente. Não fiz nada". Eu amava muito minha esposa e poderia mesmo perdoá-la, se ela me pedisse. Em vez disso, ela continuava a gritar. Me aproximei dela e tapei-lhe a boca com minhas mãos. Falei: "Não grite. Diga só a verdade".

Que Deus me castigue se eu prendi sua boca fechada por mais tempo que leva um fósforo para se apagar. Para grande espanto meu, quando larguei, vi que não se mexia mais. Chamei-a pelos nomes mais doces, cobri seu rosto de beijos, nada mais adiantou: ela era um cadáver.

A MALA

Na tarde de 6 de outubro, Pistone despacha a mala com o cadáver da esposa para Santos e, antes de seguir também para lá, providencia a venda de todos os móveis do apartamento. Maria C. Oliveira, zeladora do prédio, pergunta a seu inquilino sobre a esposa, que não via há dias. Pistone responde que se mudara e que ele estava ali somente para se desfazer dos móveis. Pelo momento, a zeladora aceita a explicação.

Pistone segue para Santos, onde perambula sem destino até tarde da noite, quando procura um hotel para dormir. Na manhã seguinte, retira a mala do depósito da estação ferroviária e providencia seu despacho para um falso endereço, na Itália, pelo navio *Massilia*.

Fica no cais até ver a mala ser levada ao navio, prestes a partir. A bordo, um dos carregadores nota um líquido escuro malcheiroso que escorre da mala misturado com o pó branco sujo. Chamam a polícia, que descobre o cadáver mutilado. Do cais, Pistone vê a polícia subir a bordo e trata de voltar para São Paulo.

Realizadas as primeiras investigações, a identidade da vítima é estabelecida e José Pistone é preso em seguida. Na prisão não nega o crime, mas se firma na história de que sua mulher o traía: **o barulho do elevador era a senha para o amante dela fugir. Quando entrei em casa, encontrei um homem que procurava escapulir de nosso quarto. Pelo barulho do elevador subindo esse indivíduo podia saber quando eu estava chegando e tinha tempo para se safar.**

A zeladora do prédio, Maria C. Oliveira, desmente a versão da infidelidade de Maria Féa. Na polícia declara que, no dia do crime, por volta das onze horas da manhã, levou um vidraceiro para consertar uma janela no apartamento de Pistone. Ficou lá todo o tempo do conserto. Maria Féa estava vestida e costurava um lençol. Quando o vidraceiro terminou o serviço, a zeladora se retirou junto com ele. Logo depois chegou Pistone: **Sou zeladora do prédio há anos, conheço todos os ruídos da casa, pelo barulho sei mesmo dizer se uma porta está sendo aberta ou fechada. Entre a saída do vidraceiro e a chegada do senhor Pistone, não entrou ninguém no apartamento. Tão logo ele entrou, começaram a discutir em voz alta. Não entendi o que eles diziam porque não falo italiano, mas era a terceira discussão que ouvi entre o casal em dias consecutivos. De repente, escutei dois gritos abafados de Maria e, em seguida, o barulho de uma queda no chão. Depois disso, um grande silêncio e percebi que o senhor Pistone se retirava silenciosamente de seu quarto. Desde esse dia, nunca mais vi Maria.**

NA POLÍCIA

O corpo de Maria Féa é autopsiado; em seu ventre os médicos encontram o feto de uma criança no sexto mês de gestação: um menino. Na prisão, ao saber que a polícia técnica tirara uma fotografia de seu filho, Pistone pede para que façam uma ampliação para ter dele uma recordação. Por diversas vezes ameaçara suicidar-se: **Não me matei ainda porque me vigiam, se não estivesse sendo vigiado me matava. Dava fim a minha vida e morria contente e sempre fascista.**

De Buenos Aires chegam os irmãos de Maria Féa, José e Ester. O delegado Carvalho Franco promove uma acareação entre eles e o criminoso. Quando Pistone é trazido à sala do delegado, José Féa se atira sobre ele gritando:

— Assassino! Eu te mato fascista assassino!

Dois policiais seguram José Féa e o arrastam fora da sala, impedindo que ele agrida Pistone, que, tenso e assustado, refugia-se num canto, evitando olhar para Ester Féa. **Eu sou fascista, sim, mas não fanático. Quem me chama de fanático é meu cunhado, o senhor José Féa, ele sim um exaltado, um revolucionário perigoso e que sempre esteve inscrito no Partido Comunista.** Para evitar maiores problemas, o delegado resolve deixar José Féa fora da acareação. Ester Féa procura os olhos de José Pistone:

— Você tem o cinismo de dizer que minha irmã era adúltera?

— Sim.

A moça soluçando retira o negro véu e aponta a mão calçada com luva preta para o rosto do cunhado:

— Olhe para os meus olhos. Eu sou a irmã de Maria. Você ainda tem coragem de afirmar que minha irmã era adúltera?

— Afirmo e juro sobre o túmulo de meu pai.

— Como pode provar isso?

Pistone, sem enfrentar o olhar da cunhada, baixa a cabeça e nada mais fala, fica entregue aos seus pensamentos, alheio a tudo o mais. Talvez, naquele momento, estivesse com a mesma ideia que transmitiria, anos mais tarde, ao psiquiatra da prisão: **Não tenho a consciência de ter culpa.**

Vítima do crime da mala faz milagres

Há precisamente 50 anos, num pequeno apartamento existente na antiga rua da Conceição, n.º 34, hoje denominada avenida Cásper Líbero, morria Maria Mercedes Féa Pistone. Morria como? Brutalmente assassinada por seu marido, José Pistone, segundo conclusão a que chegaram as autoridades policiais encarregadas do respectivo inquérito. Havia mais do isso: Maria Mercedes Féa Pistone, após ter sido morta por seu companheiro, foi inteiramente retalhada. Aos pedaços, sangrando, o corpo da mulher foi colocado em uma grande mala. De acordo com as informações colhidas em jornais da época, era desejo do assassino embarcar o volume em navio de carga, que deveria aportar em Santos no dia imediato ao crime. Ocorreu, porém, o atraso na embarcação. Assim, quando o enorme recipiente chegou ao porto, os restos mortais da vítima já estavam em decomposição. Como consequência, ao ser levado para bordo, um filete de sangue denunciou o conteúdo da mala. Foi então descoberto o homicídio seguido de esquartejamento.

Meio século se passou desde o trágico episódio. Diz-se que José Pistone, antes de morrer, reuniu os filhos do seu segundo casamento (depois de cumprir a longa pena de prisão a que fora condenado, o acusado do assassinato de Maria Mercedes Féa Pistona contraíra novo matrimônio, mostrando-se marido e pai exemplares) e jurou, com lágrimas nos olhos, sua inocência no assassinato de Maria Féa. Verdade ou mentira, o fato é que Pistone levou para o túmulo seu segredo.

Mas o que interessa, agora, é que Maria Féa — cujos despojos estão sepultados no cemitério da Filosofia, no bairro do Saboó, em Santos — opera verdadeiros prodígios. Em outras palavras: a infeliz Maria Mercedes Féa Pistone, a bela mulher esquartejada pelo marido, faz milagres — e como!

Nesta reportagem os leitores de Notícias Populares encontrarão, em detalhes, o fabuloso reino de curas

O sagrado túmulo da mulher esquartejada

A Campa 624, quadra 6-A do Cemitério da Filosofia, bairro do Saboó, em Santos, é um local de romaria diária. Ao seu redor estão empilhados ex-votos. São centenas de braços, pernas e cabeças de cera e gesso, ao lado de muletas, cadernos, livros, cartazes e plaquetas com agradecimentos por milagres obtidos. Todos os fins-de-semana, milhares de pessoas ocorrem ao local fazendo seus pedidos, apresentando suas súplicas ou simplesmente permanecendo em proximidades durante longo tempo, em piedoso recolhimento e silenciosa oração. A afluência é tão grande — especialmente nas primeiras segundas-feiras de cada mês — que tornou-se necessário colocar um pouco de ordem para evitar explorações de elementos inescrupulosos.

O sr. José Edmir Nenes é quem dirige os assuntos ligados a essa piedosa romaria. Ao lado da campa há um cofre onde são depositadas esmolas que depois destinam-se ao asilo São Vicente de Paula, em Santos. No mesmo caminho existem centenas de objetos e peças de roupa, que as pessoas deixam no local como prova de agradecimento por um milagre alcançado.

Há 34 anos, Arthr Tomazelli é o encarregado de cuidar do túmulo e conta que, em certos dias, o movimento ao local é impressionante, pois Maria Féa é venerada em toda a Baixada Santista e seus milagres correm de boca em boca. Nos dias de Finados a romaria alcança o seu ponto máximo, obrigando o Corpo de Bombeiros a permanecer de prontidão no local, já que o calor excessivo, resultante dos milhares de velas acesas, representa grave ameaça e chega a estourar pedras de outros túmulos situados nas proximidades.

QUEM É

Afinal, qual o mistério desta personagem enterrada na campa 624 e que tantos milagres são atribuídos? Trata-se de Maria Mercedes Féa Pistone, segundo se lê no livro 8: FOLHA 7, do registro do Cemitério. Ela morreu em 5 de outubro de 1928 e foi sepultada a 8 do mesmo mês. Consta que estava grávida e com ela foi enterrado, no mesmo local, o feto.

O CRIME DA MALA

Para as pessoas que nasceram nos últimos decênios, o nome de Maria Mercedes Féa Pistone nada diz. Entretanto, para os mais velhos recorda um dos crimes mais contundentes de que se teve notícia em São Paulo e que à época movimentou a opinião pública não apenas da cidade, ainda provinciana, como também repercussão mundial, passando à história policial como o CRIME DA MALA.

PISTONE

José Pistone nasceu em Canelli, província de Alessandria, Itália. Órfão de pai no ano de 1923, recebeu 150 mil liras de herança e embarcou com destino a Buenos Aires, onde trabalhou algum tempo no comércio. Retornou à Itália, em 1926, para visitar a família e em dezembro desse mesmo ano, quando tornava à Argentina, a bordo do navio conheceu a jovem Maria Féa, pela qual se apaixonou. Em fevereiro de 1928, José e Maira casavam em Buenos Aires, viajando novamente para a Itália, em lua de mel, só retornando a Argentina em agosto, pelo navio "Rosso".

SÃO PAULO

O casal ficou apenas poucos dias na Argentina, viajando pelo navio "Alianza" com destino a Santos, tomou o trem para São Paulo, hospedando-se no Oeste. Poucos dias depois José Pistone estabeleceu em nossa Capital, em sociedade com Franco Pistone, seu parente, que possuía uma casa comercial. Pistone alugou um apartamento na rua Conceição, 34 (atual Cásper Líbero) e tudo parecia correr muito bem para o casal.

um corpo mutilado é

JULGAR OS MORTOS

No julgamento, o promotor, através de testemunhos, comprova que Maria Féa não fora infiel. Prova ainda que, de acordo com o laudo de diversos médicos-legistas, o mestre Flamínio Favero entre eles, ela fora morta por asfixia. José Pistone é condenado a 30 anos de prisão.

Libertado em 1947, Pistone se casa com Francisca A.S., viúva com sete filhos que conhecera na Colônia Penal Agrícola de Taubaté, onde ficou residindo após sua libertação. Em junho de 1958, José Pistone morre. Muitos anos depois, os filhos de dona Francisca contam que Pistone os reuniu em seu leito de morte e lhes fez uma confissão: o homem que vira saindo do quarto na manhã do crime era um seu amigo. Mas não explicou por que nunca contara isso a ninguém. Soubesse a polícia que o "amante" de Maria Féa era um amigo de Pistone, este amigo seria chamado para depor e ficaria comprovada a infidelidade da mulher, o que certamente diminuiria a pena do réu. Os tribunais costumam ser complacentes com maridos ultrajados.

Em junho de 1978, o jornal paulista *Notícias Populares* publica:

VÍTIMA DO CRIME DA MALA FAZ MILAGRES

ESQUARTEJADA POR JOSÉ PISTONE EM 7 DE OUTUBRO DE 1928, MARIA FÉA ESTÁ CURANDO NO SEU TÚMULO EM SANTOS. VERDADEIRAS ROMARIAS DE DOENTES À PROCURA DE MILAGRES

A Campa 624, quadro 6-A do Cemitério da Filosofia, bairro do Saboó, em Santos, é local de romaria diária. Ao seu redor são empilhados ex-votos. São centenas de braços, pernas e cabeças de cera e gesso, ao lado de muletas, cadernos, livros, cartazes e plaquetas de agradecimento por milagres recebidos. Todos os fins de semana, milhares de pessoas acorrem ao local fazendo seus pedidos, apresentando suas súplicas ou simplesmente permanecendo pelas proximidades longo tempo em piedoso recolhimento e silenciosa oração. A afluência é tão grande — especialmente nas primeiras segundas-feiras de cada mês — que se tornou necessário colocar um pouco de ordem para evitar explorações por elementos inescrupulosos.

GÂNGSTERES
NUM PAÍS
TROPICAL

Manhã de 25 de fevereiro de 1930. Egydio Pilotto, tesoureiro da estrada de ferro São Paulo-Rio Grande, sai da estação ferroviária de Curitiba e desce a rua Barão do Rio Branco, em direção aos bancos da cidade. Acompanha-o o guardião Wany Borges, carregando uma valise com grande quantidade de dinheiro, arrecadado no dia anterior pela companhia. Serviço de responsabilidade, mas rotineiro, na pacata Curitiba de então, com pouco mais de 100 mil habitantes e cerca de mil automóveis.

Egydio Pilotto ia na frente, lendo seu jornal, seguido pelo guarda com a valise. A uma quadra da estação, ao passarem pela esquina da rua Visconde de Guarapuava, surge um indivíduo bem trajado e bem apessoado que desfere violenta pancada com um cano de ferro na cabeça do guarda Wany, arrebata-lhe a valise e corre em direção de um carro estacionado ali perto. Ao perceber a cena, o tesoureiro persegue o assaltante. Estava quase a alcançá-lo, quando um tiro disparado pelo motorista do carro atinge-o no estômago, derrubando-o no chão. Encostado à parede, atordoado pela forte pancada, o guarda Wany nada pode fazer. O assaltante consegue alcançar o carro, que parte em desabalada carreira.

CRIME DE MORTE

Egydio Pilotto, pessoa conhecida e estimada, não resiste ao ferimento e morre no dia seguinte provocando grande consternação na cidade, acostumada a ver cenas semelhantes somente em filmes de gângsteres.

O carro usado pelos dois assaltantes é encontrado horas depois por um repórter policial da *Gazeta do Povo*; é um Chevrolet roubado que tivera sua placa adulterada.

A polícia paranaense nunca se vira às voltas com um crime assim: um latrocínio planejado nos mínimos detalhes, com utilização de armas de fogo, furto de automóvel e sem que os criminosos deixassem qualquer pista, parecendo obra de uma quadrilha organizada.

A polícia age a seu modo: desconfia que Wany Borges seja cúmplice. Após ter sido restabelecido da pancada, ele consegue junto com a estrada de ferro uma licença de férias. A ideia da polícia é que, durante as férias, ele certamente iria gastar sua parte no dinheiro do assalto, se dele tivesse sido cúmplice. Mas, nessa ocasião, um delegado mais "zeloso", brutalmente prendeu Wany e mandou torturá-lo a ponto de deixá-lo doente, quase imprestável.

O tempo passava, o crime continuava impune e os 50 contos de réis roubados — uma grande quantia para a época — nunca foram achados.

CRIME IGUAL

Porto Alegre, manhã de 22 de janeiro de 1931. Quase um ano após o crime de Curitiba, dois homens tomam um carro de praça. São jovens bem trajados e um deles, de cabelos ruivos, tem aparência de galã de cinema. Pedem ao chofer, Boaventura Lopes, para estacionar e comprar cigarros; este ingenuamente desce e se dirige a um bar, deixando as chaves no carro. É o que os dois facínoras esperavam: apossam-se do carro e seguem, em alta velocidade, até a estação ferroviária, na rua Voluntários da Pátria. Encostam o carro, deixando o motor ligado, e descem. Quase ao mesmo tempo, sai da estação o tesoureiro José Goulart, trazendo uma valise com dinheiro, tendo um guarda ao seu lado.

A ação dura instantes. Um dos homens vibra uma cacetada com um cano de ferro no tesoureiro, mas a pancadaria não foi certeira e os dois entram em luta corporal. Ao perceber a cena, o guarda puxa sua arma mas recebe um tiro do bandido de cabelos ruivos. Porém, mesmo ferido, corre em direção aos dois homens em luta, para socorrer o tesoureiro. Recebe um segundo tiro pelas costas e cai no chão. Vendo que seu companheiro levava desvantagem na luta, o bandido ruivo, após alvejar o guarda, aponta sua arma para o tesoureiro. O bandido que lutava com ele empurra-o para não ser atingido. O tesoureiro leva um tiro e cai, o bandido arrebata-lhe a maleta com o dinheiro e, junto com seu companheiro, corre para o carro. A maleta se abre e as notas se espalham. A polícia recolheria depois 17 contos de réis; os assaltantes levaram 57 contos. O tesoureiro e o guarda morrem.

QUEM SÃO?

Os dois crimes foram executados por dois homens e exatamente da mesma forma. Em ambos as vítimas foram pagadores da estrada de ferro; para os assaltos, os bandidos usaram carros roubados e planejaram tudo de modo a não deixar pistas. Como os crimes tiveram repercussão nacional, as polícias dos dois estados trocam informações pelo telégrafo e chegam à conclusão de que a mesma quadrilha fizera os dois assaltos. E daí? Os criminosos desapareceram sem deixar rastro ou pista.

A PITONISA CEGA

O leitor é incrédulo? Não importa, leia da mesma forma. Nos arredores de Porto Alegre existia uma velha com mais de setenta anos. Seu nome era Rosa Angliosi, mas era chamada de "Ceguinha", sendo cega de nascença. Morava num casebre de madeira e era muito procurada por suas previsões da vida futura, que "lia" num baralho mágico. No dia 25 de janeiro de 1931, durante uma batida da polícia gaúcha no bairro dos Mostardeiros, um repórter do *Correio do Povo* conversa com um morador das redondezas:

— Ah, o senhor é do jornal? Quer saber dos assaltantes? Não faça como a polícia, que anda dormindo. Vá ali na casa da Ceguinha, ela contará tudo.

O repórter segue o conselho e bate à porta da casa de Rosa Angliosi:

— Que Deus esteja nesta casa.

— Entre com ele e seja bem-vindo.

— Disseram que a senhora sabe dos bandidos que mataram e roubaram os dois homens da estrada de ferro.

— Ah!... Isso eu sei, o Anjo Revelador nada me esconde quando eu pergunto para ele.

A Ceguinha conduz o repórter até um altarzinho:

— Acenda esta vela e fique com ela na mão, e como hoje é segunda-feira, um mau dia para augúrios, acenda mais duas velas que estão no altar.

A Ceguinha deita as cartas na mesa, o repórter se impacienta:

— É verdade que os assaltantes andaram aqui pelo bairro?

— Nada. Os assaltantes são os mesmos que fizeram o trabalho em Curitiba e já vão longe. Vê estas espadas aqui?

O repórter se espanta, porque a cega aponta direitinho para três cartas de espadas que se cruzavam.

— As espadas são espinhos que eles puseram no caminho de seus perseguidores.

— Quem são os assaltantes?

— Os dois são estrangeiros. Está vendo? Um é alto, ruivo, bonito, usa roupa preta, o outro... não estou vendo vejo bem. Fugiram para longe daqui.

A Ceguinha olha com seus olhos cegos as cartas:

— Daqui a dois meses eles serão presos... dois meses.

E a Ceguinha, terminada sua predição, rezou no altar.

DOIS MESES DEPOIS

Em março de 1931, as polícias paranaense e gaúcha estavam quase esquecendo os tenebrosos crimes, sem esperanças de encontrar os assaltantes, quando, em Curitiba, o telefone toca na casa de um conhecido e rico futebolista (esqueçamos seu nome). Do outro lado da linha, uma voz nervosa de mulher, com forte sotaque estrangeiro, fala rapidamente, quase chorosa. Terminada a ligação, o desportista fica pensativo por alguns instantes e sai à procura da polícia.

A PROEZA POLICIAL

No dia 10 de março de 1931, o jovem delegado Miguel Zacarias manda seus investigadores vigiarem a casa de número 90 na rua 7 de Setembro. Constatada a presença de dois indivíduos na casa, o delegado segue para lá, tomando o cuidado de antes mandar cercar o quarteirão.

Deixando a frente e os fundos vigiados, o delegado sobe as escadas, seguido de um investigador. O delegado bate à porta. Um homem abre — é alto, de cabelos pretos, bem aparentado e fuma um charuto. O delegado imediatamente lhe dá voz de prisão, empurrando-o para fora, de modo que fique subjugado pelo investigador. De arma em punho, entra rapidamente no interior da casa e dá voz de prisão ao outro indivíduo suspeito, que já procurava empunhar uma pistola automática para reagir. O delegado isola-o ao lado de uma mesa onde havia grande quantidade de balas. Os dois indivíduos algemados são levados para a Central. São eles o húngaro Rudolph Kindermann e o alemão João Papst.

O ARSENAL SINISTRO

Na casa, o delegado encontra: um revólver calibre .38, uma pistola Parabellum, dois revólveres calibre .32, três pistolas Browning calibre .32, uma faca pontiaguda de cabo de chifre, um cano de chumbo com 58 cm de comprimento, uma pistola Parabellum com coronha de madeira para ser transformada em fuzil, uma lanterna elétrica, 112 balas de revólver, um lenço preto para cobrir o rosto, um par de luvas de borracha para impedir impressões digitais, uma caixa contendo tinta preta para tingir cabelos, dois pares de óculos escuros com tela de arame para impedir que alguém enfie os dedos nos olhos, um rolo de esparadrapo, várias cartucheiras e capas para revólveres.

A MULHER MISTERIOSA

Martha Schamedeke é alemã, tem 25 anos, olhos claros, cabelos finos e macios, profissão... Na polícia declarou ser doméstica. Veste meias finas de seda prateada, sapatos cinza de salto bem alto, vestido pregueado também de seda cinza, que modela seu corpo jovem, de seios pequenos e firmes. Os cabelos loiros estão cobertos por um chapéu de feltro cinzento. Pele branca, macia, leitosa, um colar de pérolas no alvo pescoço. Ao sentar-se, cruza as pernas e, por segundos, deixa ver as negras rendas de sua combinação.

Martha vivia amasiada com Rudolph Kindermann, um dos assaltantes, mas na realidade estava apaixonada por um jovem desportista curitibano, seu ex-amante. Martha, na posse do grande segredo que lhe fora confiado por Kindermann, numa hora de alucinação apaixonada fez chegar a pista para o esclarecimento dos assaltos.

O AMANTE TRAÍDO

Em fins de 1930, Martha conheceu Rudolph Kindermann, que se apresentou como negociante de diamantes. Rudolph, vindo de Porto Alegre, apaixonou-se por Martha e pediu que ela abandonasse o homem com quem vivia para casar-se com ele. Martha deixa-se levar pelas palavras daquele homem forte, viril, bonito, de maneiras firmes, abandona seu amante e vai viver com Rudolph Kindermann. Algum tempo depois, João Papst vem morar com os dois. *Dias de vinhos e rosas*: Rudolph lhe dava muitos presentes, chapéus, joias. Nunca a deixava sozinha: um pouco de ciúmes e muito amor.

Pouco antes do Carnaval, Martha adoece e é internada numa clínica para ser operada de apendicite. Nesta ocasião, Kindermann, talvez por não saber como agradá-la, reforçando o pedido de casamento, para mostrar sua confiança nela, resolve contar o verdadeiro meio de vida que levava.

A DUPLA SINISTRA

Levado pelo amor a Martha, Kindermann confessa a ela que não só fizeram o assalto em Curitiba como também em Porto Alegre. Contou sobre um assalto anterior no bairro do Portão, em Curitiba, que rendeu 20 contos de réis, e um roubo na Companhia Força e Luz, que rendeu 12 contos. Contou que para o assalto em Curitiba roubaram um carro, esconderam perto do Tanque do Bacacheri, onde pintaram um novo número na placa e enlamearam o veículo para que o dono não o reconhecesse, e, que no dia do crime, Papst, que guiava o carro, matou o tesoureiro Pilotto. Depois de consumado o crime, fugiram para Porto Alegre e lá arquitetaram o assalto ao pagador Goulart, que fora morto por Kindermann. Nesse assalto, ao tomarem o auto para a fuga, um guarda que chegava atirara em Kindermann, que não fora atingido porque se abaixou, mas ficou com o pescoço preto de pólvora. Então abandonaram o carro perto de um bosque, por onde fugiram, tendo o cuidado de jogar pimenta em pó pelo caminho, para não serem seguidos pelos cães policiais, coisa que aprenderam num filme.

Deitada no leito, Martha ouvia estarrecida a estranha confissão de amor de Rudolph Kindermann: amava-a tanto aquele homem que não temia que ela revelasse seus crimes? Começou a chorar, enquanto acariciava os cabelos de Kindermann, cabelos ruivos, agora pintados de preto para despistar a polícia.

Martha se sentia presa àquele homem que pagava as despesas do hospital, que a tratava bem, que desejava casar-se com ela. Terno, Kindermann confessa mais ainda: estavam preparando um assalto ao pagador da delegacia fiscal. Esperariam no beco, atrás da Catedral, quando ele se dirigisse ao Banco do Brasil a fim de depositar todos os recebimentos da semana. Seria o grande golpe. Depois desse assalto, que renderia milhões, ele e Martha iriam para São Paulo viver a grande vida.

MARTHA TRAI

Aproxima-se o dia do grande assalto. Já recuperada, Martha sai do hospital e Rudolph resolve mandá-la para São Paulo, deixando-os livres para agir. Ela esperaria por ele na capital paulista.

Na véspera da viagem, Martha, depois de muito pensar, resolve contar tudo a seu ex-amante. Pede para Kindermann ir buscar um chapéu que havia encomendado numa chapelaria. Quando Kindermann atende gentilmente ao seu pedido, ela corre a uma padaria para telefonar ao jovem desportista e conta-lhe tudo. Este pede a ela autorização para denunciar os assassinos, aconselhando-a a seguir viagem, para que Kindermann não desconfiasse. Ela deveria desembarcar em Ponta Grossa, onde ficaria a sua espera; nesse meio-tempo, a polícia agiria. Quando Kindermann voltou ao seu "covil" com o chapéu, sua sorte já estava selada.

A CONFISSÃO DE PAPST

Durante dois dias e duas noites os bandidos são exaustivamente interrogados e negam os crimes. Os policiais se revezam nos interrogatórios e não conseguem arrancar suas confissões. Até que o delegado Miguel Zacarias resolve contar a Papst que fora Martha quem os delatara. Procura o jovem em sua cela e induz sua confissão:

— Sou seu amigo, João. Por que se obstina a negar? Martha já nos disse tudo que Kindermann contara a ela.

Papst não acredita no que ouvira, não acredita na leviandade de Kindermann:

— Ele nunca faria uma coisa dessas — justo Kindermann, tão esperto! Ele, que fora tirar Papst de seu empreguinho na Força e Luz para ensiná-lo a ganhar dinheiro fácil. Kindermann que planejava os assaltos em todos os detalhes. Kindermann não seria tão bobo a ponto de confiar em Martha, uma boa menina, mas perdida.

Vendo que Papst não engoliu a isca, o delegado leva-o até uma sala onde estava Martha. Ao vê-la, Papst se dirige a ela em alemão:

— Então é certo que você contou tudo?

Nervosa, Martha responde com a cabeça, antes de responder com palavras. Papst vira-se para o delegado Zacarias:

— Se Martha já disse tudo, eu conto a verdade...

E vira-se para Martha:

— Era esse o amor que você tinha por Kindermann?

É neste preciso momento que Papst se lembra de uma vez, quando Kindermann, limpando seu revólver, sorriu para ele e disse:

— Smith & Wesson, S & W. S & W igual a P & K, S & K, S & W, Smith & Wesson, Papst & Kindermann, Smith & Wesson, Papst & Kindermann.

Papst não sabe por que se lembra disso agora, mas se lembra bem do riso alegre de Kindermann enquanto falava.

Martha é retirada da sala enquanto Papst começa a confessar com ampla profusão de detalhes:

— A minha parte nos roubos? Gastei quase tudo comprando bilhetes de loteria.

KINDERMANN E MARTHA

Apesar da confissão do companheiro, Kindermann nega-se a reconhecer sua culpa. A polícia resolve acareá-lo com Martha; é a primeira vez que o bandido verá sua amante após a prisão. Apesar do uniforme de presidiário, Kindermann ainda mantém sua boa estampa. Olha Martha longamente, é nela que estão seus olhos quando responde às insistentes perguntas do delegado:

— Não digo nada nem direi. Se acham que sou culpado, condenem-me a 30 anos, mas não me perguntem nada sobre os crimes de que me acusam.

Martha se irrita e levanta os olhos do chão:

— Você é um mentiroso. Confesse!

E sai da sala a chorar.

A REVOLTA NO PRESÍDIO

Papst e Kindermann aguardam julgamento na Penitenciária do Ahú, em Curitiba. Às seis horas da manhã do dia 17 de maio de 1931, os presos se revoltam com objetivo de fuga. Papst e Kindermann são os cabeças do motim.

Pela manhã, aproveitando a pouca claridade, os detentos conseguem sair das celas e, ao chegarem à portaria, gritam para o porteiro abrir as grades. Este, pensando que o pedido partira do carcereiro, abre a porta e recebe uma facada de Papst. Franqueada a porta, Papst e Kindermann, seguidos por mais de cem presidiários, correm pelo pátio em direção ao alojamento da guarda, onde conseguiriam armas. Começa uma luta que duraria quase uma hora e obrigaria todas as forças policiais da cidade a cercarem a penitenciária, em auxílio aos guardas. Dois sentenciados e dois guardas morrem, mais de vinte pessoas ficam feridas. Kindermann estava quase alcançando a liberdade quando recebe um tiro e cai ferido. Papst, que já chegara ao portão, ao ver o companheiro ferido, volta em seu auxílio e é recapturado.

CINEMA FALADO

A revolta aconteceu num domingo e, no mesmo dia, nas edições extras dos jornais, estava o anúncio do Cinema Palácio sobre a exibição no próximo domingo do filme norte-americano *A Revolta no Presídio*, com Wallace Berry. No anúncio, informam que, se um filme estimula a prática de determinados atos, por outro lado previne a quem tem obrigação de zelar pela lei. João Batista Groff, cinegrafista e proprietário da Groff Filmes, age mais rápido: na quarta-feira já está projetando nas telas do Palácio um documentário sobre a revolta na Penitenciária do Ahú, com cenas de Martha, os estragos feitos pelos presos, os mortos, Kindermann ferido em sua cela.

NO CUBÍCULO DE KINDERMANN

Penetremos na cela de Kindermann. O bandido está deitado em seu catre, geme de dor e aperta com as mãos o ferimento que recebera no vazio do lado esquerdo, um pouco abaixo do pulmão. Pede um algodão para colocar no ferimento. Não havia, no momento, recursos para atender os feridos. Levantemos nossos olhos para a parede da cela. Vemos um desenho em tamanho grande feito por Kindermann: é o seu autorretrato com a ganga azul listrada de presidiário. No gorro o número 195. No desenho, Kindermann está abraçado com Martha, a amante que o traiu. Cercando o par de namorados, uma grossa corrente de ferro; por baixo, escrita em alemão dentro do desenho de um cadeado, a legenda: EPÍLOGO DE UM AMOR.

EPÍLOGO

Através de campanha iniciada pelo desportista, a colônia alemã de Curitiba coleta dinheiro para mandar Martha de volta para a Alemanha. Seria a maneira de livrá-la dos bandidos, caso viessem a fugir. Martha parte e nunca mais se ouve falar dela.

No julgamento, Kindermann negando e Papst alegando ser menor de idade na época dos crimes, tentam escapar à justiça. São condenados, recorrem da sentença, são novamente julgados e recebem a pena máxima. Em seguida, são levados a Porto Alegre, onde aguardariam julgamento pelo assalto lá cometido. Passado algum tempo, Kindermann morre numa epidemia de tifo na penitenciária, onde também Papst morreria de doença, algum tempo depois.

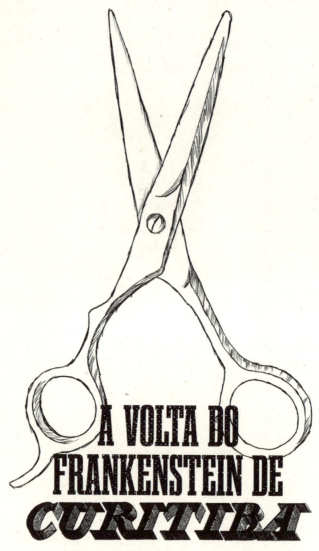

1. Vindo na ventania

Primeiro, conheci Valêncio Xavier (São Paulo, 1933 — Curitiba, 2008) através de *O Mez da Grippe*, a obra-prima que, completamente transtornado, carreguei em cópia xerox para todos os lados durante a faculdade. Na segunda vez, conheci Valêncio por telefone, se é que é possível afirmar isso de alguém; creio que o mais correto seria dizer que fui apresentado à voz roufenha e titubeante do escritor paulista em 1994, quando arrisquei ligar para um número arranjado na lista telefônica de Curitiba, cidade onde ele morava e para a qual eu tinha viajado não fazia uma semana.

E afinal, conheci-o em São Paulo, 1995, onde ainda vivo quase trinta anos depois. Em pessoa, confirmava toda a estranheza anunciada pela gagueira telefônica, coroada por uns olhos azuis irrequietos e branca cabeleira ouriçada de russo perdido nos trópicos. Em sua desarrumação, Valêncio parecia sempre ter sido transportado pela ventania. Naquela época ainda fumava, e também era possível imaginar que recém pousava trazido pela fumaça do próprio cigarro. Então eu tinha 27 anos e ele, 62. Não que houvesse diferença de idade, ou talvez sim: eu era o ancião e ele, uma criança de imaginação febril. Vivo fosse, Valêncio Xavier teria completado 90 anos neste ano de 2023.

A partir daí, Valêncio me despertaria o mais cedo possível em diversas ocasiões, de minha parte sempre com susto, ligando da curitibana *Gazeta do Povo* onde cumpria expediente. Sem cerimônia, gostava de fazer seus telefonemas por volta das 6h30, horário em que a redação estava vazia. Para ele não fazia a menor diferença se eu tinha ou não uma bebê de poucos meses em casa ("Já que não anda dormindo mesmo", disse uma vez). Os motivos eram variados: comprar uma rara edição do *Dicionário Etymológico* de José Pedro Machado que encontrei no lixo (e que eu não desejava vender mas que acabei vendendo, de tanto ele insistir), vangloriar-se de boas e más notícias (sempre em tom jocoso), relatar histórias que andava escrevendo, anunciar — Valêncio sempre *anunciava* algo, avisar era pouco para ele — sua vinda a São Paulo. Quando contrariado, adorava ameaçar: "Aguarde meus advogados".

Nessas ocasiões, ele me chamava na portaria da editora onde trabalhei por alguns anos, na rua Conselheiro Nébias. Hospedava-se na vizinhança, no apartamento do sobrinho, o pintor Sergio Niculitcheff. Tomávamos café no Aldino's, um bar na esquina da Helvetia com a Barão de Limeira, e dali caminhávamos até a extinta Livraria Duas Cidades, na Bento Freitas.

Por aquela altura eu planejava criar minha minúscula editora, a Ciência do Acidente, e queria estreá-la com um livro de Valêncio Xavier. Então os encontros e telefonemas, a cada dia mais madrugadores, passaram a tratar quase exclusivamente da edição de seus livros. E claro, do artista belga Frans Masereel, do filme expressionista de Benjamin Christensen, *A feitiçaria Através dos Tempos* (1921), de pornografia popular e truques de mágica, que eram outras de suas obsessões, além do hábito de acordar amigos no bem-bom do nono sono.

2. Meu 7º Dia

Em 1999, lançamos *Meu 7º Dia — uma Novella-rébus*, um inédito de Valêncio Xavier, pela Ciência do Acidente. Não sei com quais recursos, o autor convidou o grande citarista e poeta paulistano Alberto Marsicano — falecido em 2013 — para acompanhá-lo em uma leitura na loja das Livrarias Curitiba da rua das Flores, em plena Boca Maldita.

Marsicano chegou à capital paranaense com sua encardida túnica branca alguns dias antes da festa, hospedando-se na casa de Valêncio. Pretendiam ensaiar. Como eu tinha outros compromissos, principalmente com uma bebê de colo que adorava, viajei a Curitiba somente na manhã do lançamento. Ao chegar na casa da rua Tomazina, Marsicano delirava entre goles de cachaça, enquanto Valêncio parecia meio nervoso. Seria por causa da leitura que se aproximava? Mais tarde, ao compartilharmos uma feijoada no Largo da Ordem, Marsicano prosseguiu seu discurso desordenado, desta vez salpicado com farofa que distribuía aos perdigotos pelo bar. Foi nessa hora que, num rompante, Valêncio me pegou pelos cotovelos e disse: "Esse cara está me deixando com os cornos na lua. Já esvaziou toda a minha adega. Por favor, leva ele de volta para São Paulo".

A leitura, claro, foi tão hilária quanto memorável.

Pretendíamos publicar outro título em seguida, *O Corpo do Sonho*, que, como em toda a sua obra, deveria trazer imagens. Só que daquela vez, Valêncio — que se apropriava de fotogramas de filmes mudos e antigos anúncios publicitários para usá-los como parte da narrativa — insistia que eu deveria produzi-las. Como de costume, ele entregou o texto acompanhado de esboços a fim de me orientar. Os rabiscos eram excelentes, com um traço nervoso que ele nunca usou nos seus outros livros, e tentei convencê-lo a fazê-los ele próprio, o que recusou.

Então, não muito tempo depois, Valêncio foi diagnosticado com doença de Alzheimer, minha aventura editorial se acidentou de vez e o inédito permaneceu nos sarcófagos egípcios onde costumam permanecer os papiros à espera de serem revelados ao mundo.

Um dia soube que ele encomendara os mesmos desenhos a Sergio Niculitcheff. Foi o próprio Sergio quem me contou. E anos depois recebi um telefonema inesperado de Curitiba, do ilustrador Ricardo Humberto, relatando que Valêncio também lhe pedira idênticos desenhos para ilustrar o volume. Fico imaginando a quantos desenhistas ele solicitou as tais ilustrações, e se as repetidas encomendas se deviam ao esquecimento causado pela doença ou à sua proverbial desconfiança em relação a editores.

Logo lembrei do sorriso maquiavélico de Valêncio, porém, e desconfiei que ele apenas devia estar sendo prevenido — se um desenhista furasse, outro não furaria. A verdade parece ser que todos furamos, e *O Corpo do Sonho* continua à espera de um arqueólogo como Howard Carter ou de um Lord Carnarvon que patrocine a sua descoberta.

3. Rremembranças

A partir de *Meu 7º Dia*, os numerosos "raccontos" e "novellas" de Valêncio Xavier, anteriormente publicados apenas em pequenas editoras, jornais e revistas, aos poucos foram reunidos em volumes como *O Mez da Grippe e Outros Livros* (1998), *Minha Mãe Morrendo e O Menino Mentido* (2001) ou *Rremembranças da Menina de Rua Morta Nua e Outros Livros* (2006).

Talvez pela condição mesma de suas estranhas narrativas que mesclam gravuras antigas e fotografias (a ponto de em alguns casos quase prescindirem de texto), o autor de *Maciste no Inferno* (1983) sempre foi pródigo em publicá-las no suporte volátil das páginas de imprensa, provavelmente enxergando maior proximidade entre sua obra e a aparência gráfica da comunicação impressa, protelando assim sua existência mais definitiva na forma de livro.

Exímio detetive do lixo visual da cultura de massas, Valêncio recuperava imagens e palavras nesses contos (há neles, além da ortografia anacrônica, considerável número de expressões caídas em desuso), antes relegadas ao esquecimento público, apropriando-se e lhes arranjando novo lugar. Sua obsessiva insistência em publicar quase que apenas em jornais durante as décadas de 1980 e 1990 sugeria certa ética da devolução, a de devolver ao lixo o que no lixo foi recolhido, dada a fugaz existência desse meio.

Inventor de um método de composição baseado na montagem cinematográfica, foi o primeiro e último dadaísta brasileiro, parecendo reunir todos os movimentos de vanguarda na sua singular estampa de cientista fugido da ilha de montagem. Talvez a comparação com vanguardistas europeus do início do século XX não faça justiça ao escritor brasileiro. Dadaístas e surrealistas são mais conhecidos por seus manifestos e existências bombásticas do que pela permanência de seus textos (à exceção de *Nadja*, de Breton, quiçá, e de *Hebdômeros*, de Giorgio de Chirico), não tendo alcançado eficácia narrativa tão consistente e original quanto a do autor brasileiro.

Em *O Mez da Grippe* (originalmente publicada em 1981 numa edição parecida com um gibi pela Fundação Cultural de Curitiba), por exemplo, sua "novella" mais lembrada, Valêncio relatou a epidemia de gripe espanhola que assolou Curitiba em 1918 através da justaposição de recortes de jornal da época. Nas entrelinhas de anúncios publicitários, *fake news* promovidas pelo secretário de saúde, colunas sociais e a progressão do armistício da Primeira Guerra, a história de uma violação e de um múltiplo assassinato.

Arrancar do esquecimento é o que Valêncio também faz à menina de rua morta nua, *remembrada* no conto que dá nome à coletânea homônima. Utilizando-se de trechos de telejornais sensacionalistas como *Aqui & Agora* e recortes da imprensa marrom, Valêncio nos recorda do homicídio da menor de idade ocorrido em 1993 no trem-fantasma de um parque de diversões barato de Diadema. Num processo de evocação da menina assassinada e esquecida, a narrativa devolve à vítima os atributos humanos que lhe foram destituídos pelo crime e pelo olvido, reinventando modernamente a celebração fúnebre por meio da nênia, ora de maneira entrecortada e "quebrando, via lembrança, via repetição, a banalização espetacular da morte" promovida pela mídia sensacionalista, segundo a crítica Flora Süssekind.

Todos os livros de Valêncio Xavier têm como fio da meada essa abordagem pouco reconfortante da morte e das perversidades do sexo, numa potencialização superlativa de sua contiguidade autoral com o universo da obra de Dalton Trevisan, outro autor cuja poética igualmente está fundada nos descalabros do convívio social entre anônimos. Assombrando os leitores com seus personagens lúbricos do facínora drama suburbano do dia a dia, as relações entre o Vampiro e o Frankenstein de Curitiba tornam-se cada vez mais evidentes e indissociáveis, exigindo aprofundamento para melhor compreendê-las na sua complexidade siamesa.

Ao explorar obsessivamente a morte do indivíduo como tema essencial de suas diferentes "novellas" e "raccontos", Xavier também abordava outra morte, desta vez pública, da memória coletiva. Ao restringir seus relatos quase exclusivamente à primeira metade do século XX, adotava técnicas narrativas dos primórdios do cinema, do rádio e da imprensa gráfica, ferramentas esquecidas, imiscuindo assim os homicídios de anônimos que ocupam o centro de suas histórias ao assassinato cultural, mais amplo, do esquecimento do passado histórico. Para operar tal reflexão, a matéria-prima de Xavier foi seu acervo pessoal de livros, filmes e documentos. De certo modo, sua luxuriosa ficção nasceu do material que resgatou do lixo de sebos e arquivos abandonados.

4. O Frankenstein de Curitiba

Valêncio Xavier faleceu no dia 5 de dezembro de 2008. Apelidado de "Frankenstein de Curitiba" por este pândego amigo (inicialmente num artigo da revista *Cult*, n. 20, 1999, referendado depois numa entrevista com Valêncio publicada por Cassiano Elek Machado na *Folha de S. Paulo*, em 20 de março do mesmo ano), foi um verdadeiro monstro da literatura brasileira, infelizmente pouco conhecido da maioria dos leitores. Deixou algumas obras que estão entre as mais originais de nossa ficção.

O trabalho do escritor começou a chamar a atenção de especialistas como Décio Pignatari e Boris Schnaiderman em 1981, com a publicação de *O Mez da Grippe*, considerado por muitos sua obra-prima. O livro, composto de uma surpreendente colagem feita com recortes velhos de jornais, cartões-postais e anúncios publicitários, narra episódios acontecidos em outubro de 1918 em Curitiba, quando a cidade era assolada por uma epidemia de gripe espanhola. Entre os cadáveres esparramados nas ruas e os desvelos da política que levaram o mundo e a cidade a tal flagelo, o leitor acompanha uma história de violação sexual praticada contra uma vítima da doença.

Assim que o livro foi publicado, Pignatari saiu em sua divulgação e defesa, afirmando que Valêncio era o "nosso primeiro escritor romancista gráfico, depois do grande e frustrado Raul Pompéia de *O Ateneu*". Dessa forma, o poeta — futurólogo e futurista — antecipava o termo "romance gráfico", antes mesmo de sua popularização internacional ser promovida por Will Eisner, grande mestre dos quadrinhos e criador de *The Spirit*.

A predileção pelo uso de imagens no trabalho de Valêncio, porém, parece ter vindo essencialmente de sua experiência como pesquisador de cinema. Fundador em 1975 da terceira cinemateca brasileira, situada no Museu Guido Viaro em Curitiba, ele teve suas narrativas adaptadas para o cinema em 2008 no longa-metragem *Mystérios*, dirigido por Beto Carminatti e Pedro Merege e estrelado por Carlos Vereza. Depois Carminatti também dirigiria o documentário *Muitas Vidas de Valêncio Xavier* (2013).

Numa entrevista que me deu em 1998, incluída em *Meu 7º Dia*, o próprio Valêncio Xavier definiu sua original forma criativa de narrar usando imagens e textos sem que haja nenhuma predominância entre um e outro:

"Você vê cartazes, placas, com desenhos, cores, símbolos e palavras. Letras imóveis formando palavras, que se movimentam andando no ônibus, na rua vazia. Ouve sons, do motor, do silêncio depois que o ônibus passa. Um cão caminha apressado, grita (ou late) suas palavras para a velha na janela, que retruca: 'Passa, guapeca!'. A menina sai pela porta verde, a velha procura prever: 'Vá com Deus!'. Palavras, imagens e sons, que podemos pôr no papel. Para mim, as imagens têm o mesmo peso que as palavras. Eu não vivo no passado, mas o passado vive em mim. E no futuro eu não penso, não posso prevê-lo. Talvez isso que eu ponho no papel, escrevo, talvez isso seja o meu passado e talvez seja o meu futuro, em que não penso."

5. Crimes à Moda Antiga

No início dos anos 2000, a despeito de seus 70 anos de idade, Valêncio Xavier parecia o mais jovem escritor brasileiro em atividade. Tal paradoxo serve para demonstrar com que total insubordinação sua obra vinha destilando nos trinta anos anteriores toda sorte de impurezas alheias às convenções do realismo, porém quase sempre com repercussão apenas subterrânea.

Em seus livros Valêncio costurou ícones como um montador de cinema, outra de suas ocupações, tendo dirigido filmes e prestado assessoria iconográfica a diversos cineastas. Assim — e com precisão cirúrgica de legista — ele parece ter sido o único autor de sua geração a continuar as intervenções visuais propostas por Machado de Assis em seu *Memórias Póstumas de Brás Cubas* (publicado em 1881, exatos cem anos antes de *O Mez da Gripe*).

Mas a artesania dessas justaposições não se limita à união de textos e imagens numa proporção na qual não é possível distinguir superioridade entre uns e outras. Em páginas de livros como *O Minotauro* (1985) e *Minha Mãe Morrendo* (2001), além da indiscutível onipresença da morte, o que clama por atenção são os diálogos com outras linguagens, como a ficção *pulp* e o cinema mudo. É esta proximidade a celebrada em *Crimes à Moda Antiga* (cuja primeira edição em formato livro ocorreu em 2004), livro que reescreve livremente alguns assassinatos escabrosos ocorridos no Brasil e adaptados para as telas entre 1906 e 1930.

Publicadas originalmente em 1978 e 1979 na revista *Atenção*, de Curitiba, as narrativas (pela segunda vez reunidas em livro nesta edição) misturam o tom sensacionalista dos cinedocumentários e das reportagens de rádio, recuperando na maior parte casos ocorridos numa São Paulo ainda estagiária da sua corrente condição de metrópole refém dos muros eletrificados e da ultraviolência do crime organizado.

Em 1908 parecia fácil livrar-se de um cadáver: bastava ser proprietário de mala com tamanho condizente à vítima (ou nem tanto assim — às vezes alguns *ajustes* se faziam necessários), tomar um navio e jogá-la do convés, a caminho do Rio de Janeiro. Foi assim que Miguel Trad tentou se livrar do corpo do patrão, antes de ser impedido por dois tripulantes. Este crime da mala é um dos poucos no livro ainda a permanecer no imaginário popular brasileiro, talvez por se confundir com outro homicídio envolvendo bagagens ocorrido vinte anos depois.

Em 1928, José Pistone matou sua esposa Maria Féa e, depois de maquiá-la com cuidado, a despachou de navio para um falso endereço na Itália. O corpo mutilado foi descoberto antes do navio zarpar e o italiano foi preso. O caso certamente serve para ilustrar a ingenuidade dos facínoras "românticos" da época, ainda não contaminados pelas engenhosas sugestões dos filmes *noir* dos anos 1940 e muito distantes da perversidade dos supercriminosos atuais, mais interessados em genocídios. Também é curioso ver a predominância de nomes estrangeiros entre os bandidos, como os de Rocca e Carletto (os "estranguladores da Fé em Deus"), ou dos gângsteres tropicais Kindermann e Papst. Era o auge da imigração para o país e o exotismo de tais nomes incendiava a imaginação dos brasileiros, além de deixar arder o preconceito e a xenofobia.

Um dos principais elementos da ficção de Valêncio Xavier é essa delimitação precisa de suas narrativas ao espaço-tempo compreendido pela Belle Èpoque, o que atribui certo ar anacrônico aos seus livros, sempre calcados na memória de eventos históricos, adulterados ou não. Em tom de teatro *grand guignol*, neles é constante a presença da morte, da magia, além da amputação dos corpos acompanhando o decepar de textos. No entanto, a colagem gráfica de extrema originalidade de *O Mez da Grippe* ou *O Minotauro* (cronologicamente posteriores, em ordem de publicação), ou mesmo de *O Mistério da Prostituta Japonesa & Mimi-Nashi-Oichi* (1986), não está presente em *Crimes à Moda Antiga*. O que só aumenta sua importância, nos permitindo compreender como o Frankenstein de Curitiba atingiu a fórmula do equilíbrio entre retalhos verbais e visuais para dar vida a seus extraordinários livros.

Joca Reiners Terron nasceu em Cuiabá, em 1968. Publicou, entre outros, Do Fundo do Poço se vê a Lua *(Prêmio Machado de Assis da Fundação Biblioteca Nacional, 2010),* Noite Dentro da Noite *(2017),* A Morte e o Meteoro *(2019),* O Riso dos Ratos *(2021) e* Onde Pastam os Minotauros *(2023). Atualmente vive em São Paulo.*

Valêncio Xavier Niculitcheff nasceu em São Paulo, em 1933. Mudou-se para Curitiba as 21 anos, de onde nunca mais saiu. Dedicou-se à escrita e ao cinema, trabalhando para jornais ao mesmo tempo que escrevia roteiros e dirigia filmes. Fundou a Cinemateca de Curitiba e trabalhou em museus e espaços culturais. Um dos nomes mais reconhecidos da literatura experimental brasileira, escreveu grande número de narrativas em jornais e revistas, como *Nicolau*, *Revista da USP* e o caderno Mais!, da *Folha de S. Paulo*. Entre suas publicações, destacam-se *O Mez da Grippe* (Companhia das Letras, 1998; Arte & Letra, 2020), *Meu 7º Dia* (Ciência do Acidente, 1998), *Minha Mãe Morrendo e o Menino Mentindo* (Companhia das Letras, 2001), *Rremembranças da menina de rua morta nua e outros livros* (Companhia das Letras, 2006) e os contos "Minha História Dele" (Ficções, n. 1, 1998) e "Meu Nome é José", na coletânea *A Alegria* (Publifolha, 2002). Também traduziu, com Maria Helena Arrigucci, *Conversa na Sicília* (Cosac Naify, 2002), de Elio Vittorini. Atuou como consultor de imagem em cinema, roteirista e diretor de TV. Como cineasta, recebeu o prêmio de Melhor Filme de Ficção na IX Jornada Brasileira de Curta-Metragem, por *Caro Signore Feline*. Dirigiu, entre outros, *O Pão Negro — Um Episódio da Colônia Cecília* e *Os 11 de Curitiba, Todos Nós*. Faleceu em 2008.

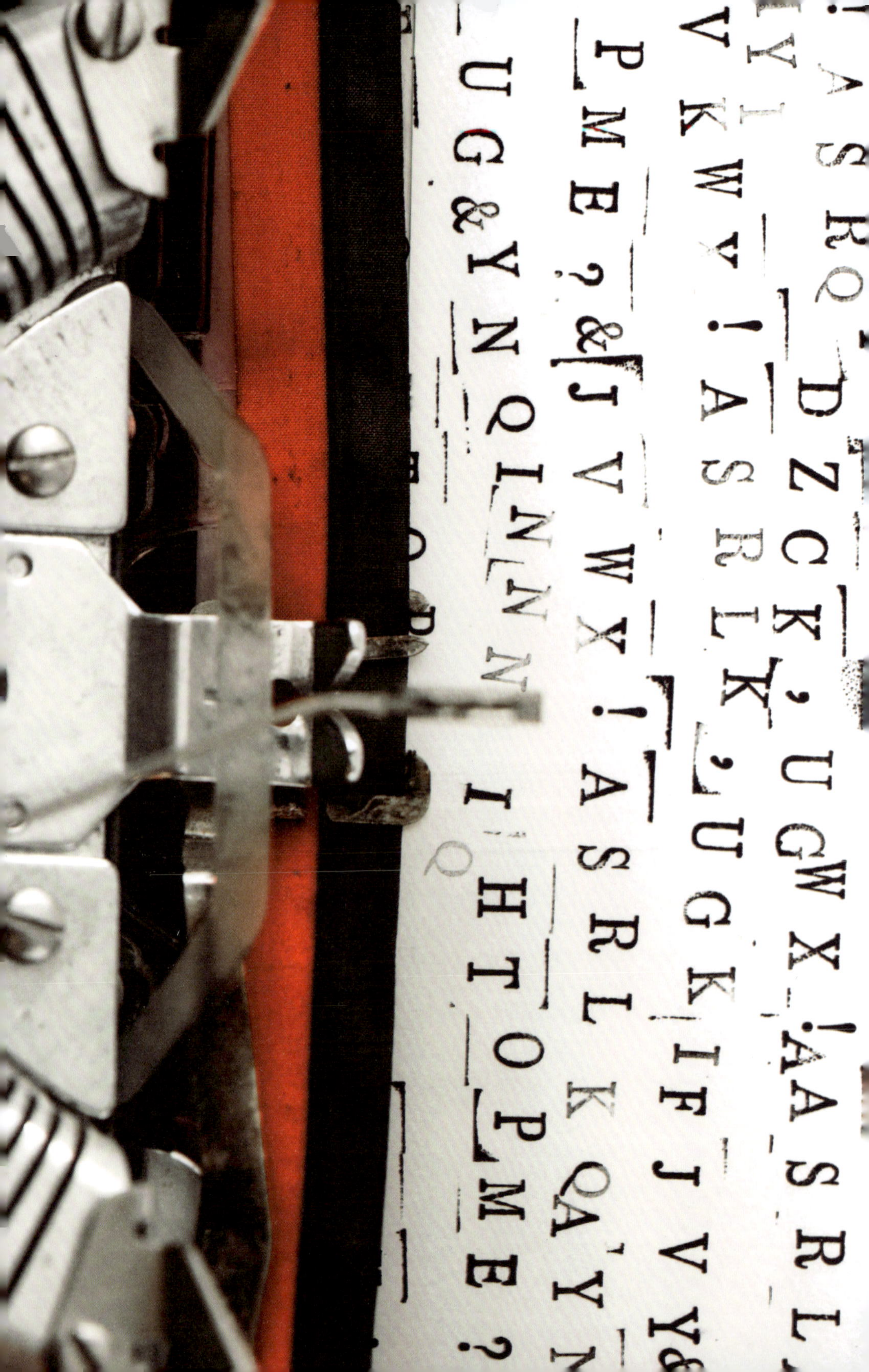